向こうの果て

竹田新

幻冬舎文庫

向こうの果て

向こうの果て

目次

プロローグ

雨が、降っていた。
薄暗い部屋の中で私たちは雨の音を聞いていた。
本当はたくさん話をしたかった。
今までのこと。
それから……、これからのこと。
でも雨の音がうるさくて、公平(こうへい)には私の言葉が届かない。
だから私たちは黙って雨の音を聞いていた。

もう何もいらない。
そう思った瞬間、稲妻が光る。
公平の顔がハッキリ見えた。
その顔は、泣いているようにも笑っているようにも見えた。
あの時のお父さんと同じように。

さっきより雨の音が強くなってきた。

大丈夫、私は大丈夫。

私は公平の目をまっすぐに見つめながら言う。

「雨が、雨がね……、雨がバタバタうるさいの」

公平が私を強く抱きしめる。

彼の熱い吐息が私の耳元をくすぐる。

暖かい。

そうか、この人の身体はこんなにも暖かだったんだ。

私は嬉しくなって、優しく彼の頰(ほお)を撫(な)でる。

また稲妻が光る。

私の手元を明るく照らす。

私の両手は、公平の真っ赤な血で満たされていた。

夜叉のような女1

南川澄江

「今日、夕飯いらないから」

一人息子の義和（よしかず）が玄関先でそう言った。

「あんたゆうべもそうだったじゃない。学生のクセに毎日どこでフラフラしてんのよ」

義和が面倒くさそうに答える。

「俺もう成人した大人なんですけど」

偉そうに。この世に生まれてたかだか二十年しか経ってないくせに。

「そんなの関係ない。遊び歩いて受かるほど、司法試験は簡単じゃないのよ」

「その事だけど俺、検事になるのやめようと思ってる」

私は驚いて言った。

「どういう事？　あんた検事になるのが子供の頃からの夢だったじゃない」

「俺は死んだ親父の代わりじゃない。母さん、俺には俺の人生があるんだよ」

そう言いながら義和が逃げるように玄関を出ていく。

何それ。なんで私があんたに将来の夢を押し付けたみたいになってるのよ。違うでしょ？

お父さんが亡くなった夜に自分から言い出したんでしょ？

「僕は大人になったら、絶対にお父さんみたいな検事になる」

八歳のあんたが泣きながらそう言ったんじゃない。

私は腹の立つのを抑えられず、仏壇の鐘を大きく鳴らす。

ちょっとパパ。黙ってないで何とか言ってよ。

パパだってちゃんと聞いてたわよね？　義和が自分で言ったのよね？

僕も検事になりたいって。パパみたいな正義の味方になりたいって。

だから私もあの子の意思を尊重して、男社会の東京地検で検察事務官なんかやって、男どもに煙たがられて、塾代払って私立の大学に入れて。全部あの子が言い出した事じゃない。

「澄江(すみえ)、仕事行かなくていいの？」

母のミツが私に恐る恐る声をかける。

「お母さん、義和が司法試験受けたくないって」

「そうなんだってね」

そう、母が答える。

「知ってたの？」

母が申し訳なさそうに頷(うなず)く。

「どうして私に教えてくれなかったのよ」

「あんたずっと忙しそうにしてたし、義和もお母さんには自分でちゃんと話すって言ってたから」

「そういう問題じゃないでしょ。私は親なのよ」

私はまたカッとなって言った。

「ねえ、遅刻するんじゃないの？」

あ、もうこんな時間だ。

「義和に言っておいて。今さら進路変更なんて絶対に許さないって」

「ホラお弁当。夜食のおにぎりも入ってるから」

そう言って、母が新聞紙に包んだ弁当を私に手渡す。

「今日は遅くなるから、先に寝てていいからね」

私がそう伝えると、いつものように母が答える。

「身体だけは大事にしてよ。あんたがこの家の大黒柱なんだから」

検事だった夫が急死したのは、もう十二年前。

過労による心臓発作だった。

それから私は一人息子の義和を育てるためにとにかく必死で働いた。

もちろん検察事務官なんて仕事をしていたら、一人で子供なんて育てられない。

だから田舎に一人住まいしていた母に東京に出てきてもらって、子育てと家事一切をやってもらった。

夫が亡くなってから、私はこの家でずっと父親であろうとした。そうでなければ息子の将来の夢を叶えられないと思ったからだ。

それなのに、私の気持ちも知らないで検事になるのをやめる？

怒りで再び私の身体に武者震いが起こる。


ダメだ。気持ちを切り替えなくちゃ。

今日からまた新しい事件の取調べ。

保険金目当ての放火殺人事件。

犯人は三十五歳の水商売の女。

事件を起こす犯罪者たちは総じて心が弱い。特に女性の犯罪者はそれが顕著である。

事件を起こしたのは誰かのせい、あるいは運命のせいにしたがる。自分の力で生きようとしないから損をする。運命にあらがう事を知らないから生きづらい。自分で道を切り開く事を知らないから、不幸になる。

苦労や不幸は皆平等にある。

そこを闘い抜いていくのが人間なんだ！

……。こんなことを考えているから、陰で南川のおじさんなんてあだ名をつけられるんだ。

いや、陰口なんてどうでもいい。これは私が五十二年の人生で培ってきた生きるための方法なんだから。

よし！　今日も一日、がんばろう！


地検の検察官室に入ると、すでに津田口検事が席についていた。

「おはようございます。久しぶりのコンビね。よろしくお願いします」

私がそう言うと、そつのない口調で津田口検事が返事をする。

「南川さんと一緒で心強いです。こちらこそよろしくお願いします」

津田口亮介。三十二歳。

初めてこの人と一緒に仕事をしたのは八年前だった。

端整な顔立ちといい柔らかな物腰といい、なんて育ちのいいお坊ちゃんなんだと感心した。

エリートというのはまさに、この人のために作られた言葉だとさえ思った。

けれど人は見かけによらないもの。彼にはエリートとは程遠い慟哭(どうこく)の悲しみがあった。

いや、その悲しみは今も続いてこの人の胸の奥にある。だから彼はいつも優しくて冷静だ。

そして、誰よりも強い正義感を持っている。

息子にはこういう検事になってほしい。私はずっとそう思ってきた。

そんな事を考えていると、今まで書類に目を通していた津田口検事が自分の腕時計を見ながら私に言う。

「そろそろ時間ですね」

そうそう、今は仕事。うちのバカ息子の事なんて考えてる場合じゃない。

気を取り直して書類を手にした途端、取調室のドアが開いた。

ドアの方に目をやると、色の白い小柄な、まるで少女のような女が立っていた。

被疑者池松律子(いけまつりつこ)だ。

「どうぞ、こちらにお座りください」

津田口検事がそう言うと、池松律子が大人しく席に着く。

「私は今回の事件を担当する津田口と言います。そしてこちらは……」

　私が津田口検事の後を引き取る。

「検察事務官の南川と申します」

　続けて津田口検事が言う。

「まず、あなたの名前を確認します。名前は何と言いますか？」

「池松律子」

　素直に答える被疑者。

「生年月日は？」

「昭和二十五年七月十日」

「年齢は？」

「三十五歳」

「本籍地はどこですか？」

「青森県弘前（ひろさき）市三世寺（さんぜじ）……」

　池松律子は不思議な女だった。

　見た目は華奢（きゃしゃ）で人形のような顔をした童顔の女。けれど、何かが違うのだ。

　そうだ、存在感がまるでないんだ。

今、確かに目の前にいて言葉を喋(しゃべ)っているのに、彼女の身体のどこからも生きているという実感が感じられない。

私がこの世に生まれてきて、ただの一度も会ったことのないタイプの女だった。

津田口検事が話を続ける。

「今からあなたがやったとされている事実を読みますので、聞いていてください。あなたは、第一、昭和六十年八月十日午前二時頃、東京都足立区西新井三丁目十五番地二〇三号室の当時あなたが住んでいたアパートにおいて、殺意をもって、君塚(きみづか)公平（三十六歳）に対し、その腹部を刃体の長さ二十六センチメートルの包丁で数回突き刺し、よって、その頃同所において、同人を腹部刺創(しそう)による出血性ショックに基づいて死亡させて殺害した」

律子が足をプラプラさせながら窓の外を見ていた。

その姿はまるで、学校の授業に飽きて校庭を眺めている小学生だ。

私は彼女に注意をする。

「池松さん、検事の話をちゃんと聞いてください」

律子が私に視線を向けながら笑った。

その途端、彼女の印象がガラリと変わった。

魔性の女だ。

さっきまで子供のような危うさを身に纏っていたのに、今の笑顔は、女の私でさえもゾクリとさせる特別な魔力があった。

私が陰で呼ばれているあだ名通りに本物のおじさんだったら、この瞬間に彼女の虜になっていたことだろう。

津田口検事も何かを感じたのか、咳ばらいを一つして言った。

「先を続けます。第二、前記と同日同時刻同所において、あなた以外の二十人が現に住居に使用する飯島荘に放火しようと企て、その頃、同家屋二〇三号室の畳に火を放ち、その火を同荘の床、梁、天井等に燃え移らせ、よって、同荘を全焼させて焼損した。以上の事実について、どこか違っているところはありますか」

律子が小さく首を振る。

また、子供の顔に戻った。

津田口検事が続けて言う。

「池松律子さん。あなたには殺人及び現住建造物放火の容疑がかかっています」

律子が意味ありげに、津田口検事を見つめながらこう言った。

「おしっこ」

私は思わず素っ頓狂な声を上げて聞き返す。

「はい？」

「おしっこいきたいの」

律子が警察官に伴われて席を立つ。

池松律子という女はいったい何者なんだろう。

私がそんな事を考えていると入れ違いに木田(きだ)支部長が入ってくる。

彼は私と一つ違いの五十三歳。もうすぐ検事正になるやり手の検事だ。

「今回の事件は、早く片が付きそうですね」

木田支部長が眼鏡の奥の目をしばたたかせてそう言う。

この人もすっかりおっさんになった。

木田支部長の若い頃も、今の津田口検事と同じように正義感に燃えていたのに。

それでよく当時の上司とぶつかって落ち込んでいたけど、今じゃ出世の事だけを考えるつまらない男になった。そりゃ白髪も増えるわ。

木田支部長が言う。

「池松律子の弁護人が決まりました」

池松律子は場末のホステス。弁護人を自分で雇えるほどの財力はないはずだ。

「自分で弁護人を雇ったんですか？」

私がそう尋ねると、木田支部長が首を振りながら答える。

「いえ、火事の第一発見者でもある池松律子の最初の夫、京波久雄が自分のお金で雇ったそうです」

「池松律子の最初の夫？　確か、別れてから十年以上経っていますよね」

津田口検事がそう尋ねると、木田支部長が答える。

「まあ、京波久雄氏はあの有名な京波製菓の社長だし、別れたとはいえ前の妻が放火殺人容疑で逮捕されているわけだから、ほっとくこともできなかったんでしょう」

そういえば調書に書いてあった。あの京波製菓の社長が律子の元夫か……。

とするとお金に糸目をつけずに、やり手の弁護人を雇ってくることだろう。

「そうなってくると、相手側の弁護人は嘱託殺人の線で攻めてくる可能性もありますね」

私がそう言うと木田支部長が聞き返す。

「嘱託殺人？」

私を舐めるんじゃないよ。あんた若い頃、この私の情報網でどれだけ助けられたか忘れたとは言わさないよ。

「被害者の君塚公平氏は末期の膵臓ガンでしたが、治療を拒み続けて病院にも行かず、周囲には自死をにおわせる証言をしていたと……」

木田支部長がバカにしたような顔で私に言う。

「それでわざわざ池松律子に放火をさせて自分を殺させる？　そんな事あるわけないじゃないですか。馬鹿馬鹿しい。南川さんらしくもないですよ」

憎たらしい顔。木田支部長は完全に私への恩を忘れている。

この人がもうすぐ検事正に昇進できるようになったのも半分は私のおかげなのに。

それは言い過ぎか。でも、四分の一くらいは私のおかげだ。

「木田支部長。南川さんがこう言うのには、他にも理由があるんです」

今まで黙って話を聞いていた津田口検事が口を開く。

「本件の火事ですが、アパートの住民は元より、池松律子本人も火傷の一つもおっていません。おそらく弁護人はその辺も攻めてくると思われます」

「津田口検事。いいですか？　物的証拠も含め、これは間違いなく池松律子が同棲相手の男の保険金を目当てに放火殺人を犯したんです。こんな簡単な事件を弁護人に差し込まれて起訴できないようじゃ、検事として失格です」

さっきよりもっと憎たらしくて冷静な顔で、木田支部長が津田口検事に詰め寄る。

「もちろん分かっています。被疑者は被害者に日常的に暴力を振るっていて、それがどんどんエスカレートしていったという情報も入っています。きっとすぐに起訴できると思います」

津田口検事がそう言った。

「思いますでは困ります。いいですか？　今回の事件はただの保険金目当ての放火殺人です。必ず早急に終わらせてください」

最近の木田支部長は口を開けばこればっかり。

事件を早く終わらせて起訴率を上げろと言う。

そりゃそうでしょ。なんたって自分の昇進がかかってるんだから。

私はなんだかまた腹立たしくなってしまい、つい口に出して言ってしまう。

「そりゃ急がなくちゃダメですよ。木田支部長、もうすぐ検事正にご就任ですもんね」

木田支部長が急に、眼鏡の奥の目をキョロキョロさせて言った。

「それとこれとは関係なく、あくまでも我々の仕事として……」

「またまた～、素直に喜んだ方が部下に好かれる上司になれますよ」

「ちょ、ちょっと南川さん」

津田口検事が止めに入る。

すると木田支部長がホッとしたような顔をして、津田口検事に言った。

「とにかく、早期解決をお願いします。そのためにベテランの南川さんと組んでもらうんですから。彼女はやり手ですからね。何かあれば南川さんに相談してください」

今さら私を持ち上げたって遅いのよ。

私は木田支部長に最後の嫌味を言った。

「そうそう。木田支部長も若い時、私がお世話してあげたから出世できたんですもんね」

木田支部長が咳ばらいを一つしてから言った。

「では取調べの方、よろしくお願いしますね」

そう言い残し、よろよろとした足取りで木田支部長が取調室を出ていった。

「支部長、やっぱりピリピリしてたわね」

「違いますよ。南川さんがあんなに露骨に昇進の事を言うからです。僕、聞いててヒヤヒヤしましたよ」

津田口検事が端整な顔を少しだけ歪ませて私に言う。

「あのくらい言ってちょうどいいのよ。全く、自分の昇進の事しか考えてないんだから。なにが早急に終わらせてくださいよ。今日取調べが始まったばっかりだっていうのに」

「南川さん、何かあったんですか？」

「どうして？」

「いや、なんか今日はいつもと違って、少しだけ機嫌が悪いような……」

しまった！　この苦労人の若者に、私の心の内を見抜かれてしまった。

「別に、いつもと同じだけど」

「だったらいいんですけど……」

「とにかく、木田さんには気を付けなさいよ。あの人は自分の出世のためなら部下なんてすぐに切り捨てるから」

私がそう言うと扉の開く音がして、再び池松律子が取調室に戻ってきた。

私は嫌味を込めて律子に言う。

「もう、トイレはよろしいですね」

律子が自分の席に着きながら、私を見てニヤリと笑う。

津田口検事が取調べを再開する。

「あなたの職業を教えてください」

「淫売女」

律子が鼻で笑いながらそう答える。

本当に不思議な女だ。さっきまでの幼さはどこにも残っていない。

今、そこに座っているのは、淫売女以外の何者でもない。

そうだ。律子が事件を起こす寸前まで働いていたスナックのバーテンダー、確か谷崎（たにざき）と言ったっけ。あの男も似たような事を言っていた。

「池松律子ね。あれはもう、どうしようもない女だったよ」

タバコを吸いながら谷崎が言う。

「こんな場末のスナックにだって仁義ってもんがあるんだよ。店の中では他のホステスの客は絶対に取っちゃいけない。揉め事の原因になるからな。でも律子は水商売が長いくせにそんな事お構いなしで、他のホステスの客を寝取っちゃあいつも喧嘩してた。あいつは本当に魔性の女だよ。お客の前じゃあそりゃあ可愛らしい儚（はかな）げな女になるんだけど、自分の得にならないような人間には、扱いが本当にひどかったよ。俺もさ、この商売長いけど、律子見てると、マジで女って怖いなって思ったもん」

私がバーテンダーの谷崎の話を思い出していると、津田口検事が律子にこう尋ねた。

「こちらで調べたところによると、あなたは酔うと必ず、同棲相手の君塚公平氏に殴る蹴るなどの暴行を加えていたと。これは事実ですか？」

「どっちだと思う？」

ニヤリと笑って、律子がそう聞き返す。

私は思わず口を挟む。

「池松さん、津田口検事はあなたに聞いているんですよ」

律子が津田口検事をジッと見つめながら言う。

「そっちで調べたんでしょ。だったらそれが事実じゃない」

律子の魔性など全く通じていない様子で、津田口検事が再び尋ねる。

「なぜ、君塚氏に暴力を？」

「あいつの顔見ると、イライラするから」

津田口検事の顔の色が、少しだけ変わった。

「それだけの理由で？」

「同棲してた男、ホラ、律子が保険金目当てに殺しちゃった男いるだろ」

バーテンダーの谷崎が、二本目のタバコに火をつけながら再び喋り出す。

「俺、あの男のことよく知ってんのよ。店が終わる時間になると毎日律子を迎えにきてたから。今時珍しいだろ？　ホステスの女迎えにくる男なんてさ。ま、ヒモだから暇だったんだろうけど。とにかく律子の酒癖が悪くてさ、毎晩ベロンベロンなわけよ。あの男の迎えがちょっとでも遅くなると、律子のご機嫌が途端に悪くなってさ……」

「てめえ遅いんだよ。ヒモのくせになにやってるんだよ」

そう言いながら、律子が迎えにきた男を突然殴った。

男は黙って律子のされるがままになっている。

何も言わない男にさらに腹が立ったのか、今度は男の足を思いきり蹴りながら言った。

「稼ぎがねえくせになにやってんだって聞いてるんだよ。どうせお前なんか私がいなくちゃ息もできないんだろうがよ。ホラ謝れよ、お迎えが遅くなって申し訳ありませんでしたって、地べた這いつくばって謝れよ」

律子が強引に男を地べたに座らせた。

そして男を上から睨みつけながら言った。

「頼むから死んでくれよ。お前の顔見るだけで反吐が出るんだよ」

「なあ、ひどい女だろ。自分の男に平気でそんな事するんだぜ」

バーテンダーの谷崎が興奮した様子で私にそう言った。

私が驚いて何も言えずにいると、谷崎が慌てた様子で話を続ける。

「ウソだと思うなら他のやつらにも聞いてみろよ。この辺の連中ならみんな知ってる事だから」

今、目の前にいる律子からは想像もつかない。

けれど谷崎以外の他の誰に聞いても答えは同じだった。

もちろん、津田口検事に渡す報告書にもその事実を書いた。

津田口検事が律子に言う。

「被害者の君塚公平さんは、末期の膵臓ガンでしたよね」

律子はその問いには答えず、俯いて自分の爪をいじっている。

津田口検事が続ける。

「病気で身体が弱って抵抗もできない人間に、イライラするという理由だけで暴行を加えていたんですか？」

律子が小さくため息をつきながら言った。

「あんたに関係ないでしょ」

「殴られた人間の気持ち、一度でも考えた事がありますか？」

律子はもう津田口検事の声が聞こえていないかのように、窓の外に視線を移している。

津田口検事が言う。

「あなたから日常的に理由もなく殴られていた人間の気持ちを、一度でも考えたことがありますか？」

「死ねや。ホラ、死んで見せろや」

バーテンダーの谷崎がなおも話を続ける。

「そんな事毎晩でさ、いつも俺が止め役よ。俺だって必死に言うんだよ。他の店の客も見てるからやめてくれって。うちのママもあきれてたよ」

そんなホステス、普通ならすぐにクビにするはずなのに。私は不思議に思い谷崎に尋ねる。

「池松律子は、よくお店をクビにならなかったですね」

「いろんな問題は起こしてたけど、それでも店の中でピカ一の売り上げだったしなあ」

「お店のママ、若林杉子（わかばやしすぎこ）さんですよね。彼女は本当に池松律子に何も言わなかったんですか？」

「いや、いつも怒ってたよ。だけど、そのたびに律子のヒモの男がママに謝るんだよ」

律子がなおも男に怒鳴っていると、店の中からママが出てきて言った。

「またやってるの？　律子、いい加減にしないとクビにするよ」

するとと律子が酔った目をギラつかせてママに言い返した。

「うるせえ！　てめえもコイツみたいにしてやろうか」

水商売の長いママは、律子の怒鳴り声にひるみもせずに言った。

「あんたね、酒癖悪いし、店の女の子の客を誰かれ構わず寝取るし、うちクビになったら他ではもう働けないんだよ！　分かってんの？」

「ふざけんな、この腐れアマ！」

律子がそう言いながら、今度はママに殴りかかろうとした。その律子を男が必死で止める。

ママが言う。

「律子。こういう事が続くようなら、今度こそ絶対にクビにするからね」

バーテンダーの谷崎が話を続ける。

「そう言ってママはすぐに帰っていったんだけど、その後がまた大変でさあ、律子がもう止まらなくなっちゃって」

やっぱり今回の事件は、保険金目的で間違いなさそうだ。

「お前が悪いんだろ！　なあ、謝れよ、土下座して謝れよ！　そう言いながらヒモ男をまた殴ったり蹴ったりしだして。それでもあの男はずっと抵抗もせずになすがままで……」

「暴力を受ける側の人間が、どんなに恐怖を感じているかあなたは知ってますか？」

津田口検事の声が取調室に響く。

津田口検事のこんな大声、初めて聞いたような気がする。

律子は津田口検事の大声にひるんだ様子もなく言った。

「あれ？　検事さん、目の色が変わった」

津田口検事が、律子から視線を外す。

今度は優しい顔で律子が言う。

「何？　あんたもそういう人？」

「そういう人とは、どういう意味ですか？」

津田口検事が無表情に聞き返す。

「誰かに暴力振るわれてたとか」

津田口検事の表情が微かに曇る。私は慌てて律子に向かって言う。

「池松さん、津田口検事はあなたに話を聞いているんですよ」

律子が無邪気な顔をして言い返す。

「だってこの人、今、急に感情的になったから」

「少し声が大きすぎたようですね。失礼しました」

津田口検事が頭を下げる。その様子をニヤニヤした顔で見ている律子。

「先を続けます。あなたは君塚公平氏の保険金の受取人ですよね？」

「悪い？」

律子がすかさずそう答える。

「君塚公平氏はわざわざ弁護士を雇い、遺言まで残して、あなたを受取人にしました」

「だから？」

「遺言書を作ろうと言い出したのは、どちらですか？」

「公平に決まってんだろ！」

そう言いながら、突然律子が目の前の机を蹴り上げる。

私は慌てて律子をたしなめる。

「池松さん、これは暴力行為にあたりますよ」

今度は律子が、先ほどの津田口検事の口調を真似てバカにしたように言った。

「少し声が大きすぎたようですね。失礼しました」

そんな律子の様子を、津田口検事は黙って見つめている。

「保険金目当ての殺人だって、あんたはそう思ってるんでしょ？」

律子が、急に冷静さを取り戻した様子でそう言った。

「私は事実が知りたいだけです」

そう言って、津田口検事が、律子をまっすぐに見つめる。

「だったら教えてあげる。私は保険金が欲しくて公平を殺したの。これが事実」

津田口検事の視線の強さに負けまいとするように、律子が見つめ返す。

静寂がこの部屋に充満する。

やがて律子が、静かに口を開く。

「……部屋に、帰りたいんだけど」

「まだ話は終わっていません」

津田口検事が冷静にそう言うと、律子がふと、津田口検事の机の上に置いてある名札に視線を落として言った。

「あんた亮介って言うんだ。じゃあ今度は私にも話を聞かせてよ。ねえ亮ちゃん、あんたなんで検事なんてやってんの？」

また、律子の印象が変わった。今の彼女は慈愛に満ちている優しい女のように見える。

この女はいったいいくつの顔を持っているんだろう。

そう言えば、律子の働いていた店のバーテンダーが別れ際に言っていた。

律子は、夜叉（やしゃ）のような女だと。

夜叉のような女２

津田口亮介

被疑者、池松律子の口から出てくる言葉はどこか人とは違っていた。

いつもなにか曖昧な物言いで、核心を突こうとするとスルリとかわされる。

それが意識的であったのか、彼女の生い立ちからくるものだったのか、当時の僕にはまるで分からなかった。

池松律子は生きる屍だ。

彼女に最初に会った時、僕は確かにそう思った。

「保険金目当ての殺人だって、あんたはそう思ってるの？」

池松律子がそう尋ねる。

「私は事実が知りたいだけです」

そう答えると、律子が僕に顔を近づけ言った。

「だったら教えてあげる。私は保険金が欲しくて公平を殺したの。これが事実」

律子がジッと僕の目を見つめる。

似てる。姉ちゃんに……。

どうしてあの時そんな事を思ったんだろう。律子とは顔も姿も違うのに。

「……部屋に、帰りたいんだけど」

唐突に律子が言った。

「まだ話は終わっていません」

僕がそう言うと、律子はふと、僕の名札に目を留めて優しく笑いながら言った。

「あんた亮介って言うんだ。じゃあ今度は私にも話を聞かせてよ。ねえ亮ちゃん、あんたどうして検事なんてやってんの」

ずいぶん後で分かった。

姉と池松律子は、声が似ていたんだ。


「ねえ亮ちゃん。あんたどうして検事になりたかったの」

姉の美奈子が俺に優しくそう問いかける。

あの日は僕の司法試験の合格祝いで、姉ちゃんが奮発してくれて二人でレストランに行ったんだ。

ワインを飲んで頬をピンクに染めながら、姉ちゃんがそう聞いてきた。

「テレビドラマで見たんだ。検事っていうのは正義の味方だって。どんな人間に対しても平等に扱うのが仕事なんだって」

「そうか。亮ちゃんは正義の味方になりたかったのね」

「そうじゃない。僕は嫌だったんだ。姉ちゃんが一生懸命働いてるのに、ずっと報われない事が。だから検事になって、姉ちゃんみたいな人間を一人でもなくしたいって。それに、僕や姉ちゃんをバカにしてきた奴らをキチンと法で裁いてやりたかったんだ」

そう言った僕を、姉は優しくたしなめた。

「そんな風に言っちゃダメ。誰も私らの事、馬鹿になんかしてなかったよ」

「けど、誰も助けてくれなかったじゃないか」

僕は怒りに任せ、目の前にあったハンバーグを口いっぱいに頬張った。

そんな僕を見て、姉はまた嬉しそうに言った。

「亮ちゃんは偉い。父さんにも母さんにも捨てられて、身内は私しかいなかったのによく頑張った。姉ちゃんはあんたが誇らしい」

ちっとも偉くなんかない。お願いだから誇らしいなんて言わないでくれ。

僕は姉ちゃんを犠牲にして生きてきたんだ。

僕がいなかったら姉ちゃんはきっともっと普通に生きてこれたはずなのに。

「亮ちゃん、聞いてるの？」

「うん。聞いてる」

僕は慌てて、目の前の姉に意識を戻した。

「あのね、姉ちゃんも、今日はあんたに報告があるの」

何だろう。姉が自分の話をするのは珍しい。

「私、結婚するの」

俯きながら、恥ずかしそうにそう言った。

「ウ、ウソだろ！　誰？　何してる人？　いくつ？　どこで出会ったの？」

僕が一気にそう捲し立てると、姉が笑いながら言った。

「そんな一度にたくさん聞かれても答えられないよ」

嬉しそうにそう言って、ワインをゴクリと飲んで話を続けた。

「えっとね、年は同い年で普通のサラリーマン。姉ちゃんの働いてる弁当屋のお客さん。その人の働いている会社がすぐ近くにあって、前からよくお弁当買いに来てたのね」

僕は黙って姉の話を聞いた。

「どこが良かったのかよく分からないんだけど、私に一目惚れしたんだって。何度もデートに誘ってくれて、最初は変な人って警戒してたんだけど何度も手紙くれて、それから少しずつお話しするようになって、そしたら段々と優しい人だって分かってきて……」

満面の笑顔で、けれど少し照れ臭そうに姉が話している。

僕は心の中で考えていた。相手の男は知っているんだろうか。

両親に捨てられた僕たち二人。

姉が僕を育てるために、何をやってきたのか。

……いや、知らない方がいい。それがきっと一番の幸せなんだから。

そんな事を考えていると、姉が僕の心の内を見透かしたように小さな声で言った。

「あの事は、言ってない」

いいんだよ。当たり前だよ。人には言わなくていい事だってあるんだから。

それは嘘とは言わないんだよ。

姉ちゃんには、幸せになる権利があるんだから。

どう言えばこの気持ちをちゃんと伝えられるかを考えていると、姉が僕の沈黙を勘違いしてまた言った。

「どうしても、言えなくて……。ずるい女だね」

本当は姉に謝りたかった。声に出して謝りたかった。

姉ちゃん、ごめん。僕さえいなければ、姉ちゃんはきっと弁当屋だけやって、好きな人に嘘なんかつかずにお嫁に行けたのに。

でも、言えなかった。

口に出して言えば僕は楽になる。

けれど姉はそんな僕の気持ちさえ、自分のせいにしてしまうだろうから。

「大学に心理学の授業があってさ、その先生が言ってた。消したい過去は自分が完全に忘れれば、すべてなかった事になるんだって」

僕はそう嘘をついた。

姉は少しホッとしたような顔で言った。

「亮ちゃんの大学の偉い先生がそう言ったの？　そうか。そうだよね。うん。そうだよね」

そう言いながら、姉は何度も頷いた。

「だから姉ちゃん。全部忘れて幸せになれ。僕たち幸せになっていいんだよ」

「うん。亮ちゃん、私たち一緒に幸せになろうね！」

薔薇色の笑顔で、姉がそう言った。

あの時の姉の笑顔を思い出した途端、僕は横になっていた布団から飛び起きた。

いつもなら布団に入ればすぐに眠れるのに、今夜はとても眠れそうにない。

あきらめてタバコに火をつける。

池松律子と姉の声が少し似ているというだけで、忘れようとしていた記憶がいとも簡単に蘇（よみがえ）る。

人はどうして、耳から入る音にこんなにも敏感なんだろう。

寝るのをあきらめた僕は、カバンから池松律子の資料を取り出して再び読み始める。

姉は今日も、眠っている。

池松律子も、留置場でぐっすりと眠っているんだろうか。

朝、地検に行くと、南川さんが声をかけてくる。

「あれ？　なんだか疲れた顔してるわね。ゆうべは彼女とデート？」

この人といるとホッとする。切れ者だし、厳しいし、口の悪いところもあるけれど、誰に対しても揺るぎのない愛情で接してくれるから。この業界では珍しい人だ。

「いえ、彼女なんかいませんよ。ゆうべ珍しく寝られなくて」

「あら偶然。私もなの」

南川さんこそ珍しい。いつも元気な人なのに……。そう言えば、昨日も機嫌が悪かったな。木田支部長をむちゃくちゃにやりこめてたし。

「何かあったんですか？」

僕がそう尋ねると、南川さんがため息をつきながら言った。

「息子と喧嘩したのよ。急に司法試験受けないなんて言い出すから」

そうだ。南川さんの家は母子家庭だった。

「何のために、私が女の細腕で頑張ってきたと思ってるのよ」

細腕。なんかその言葉、南川さんには似合わないような……。

「何よその不満顔。私の腕は細腕じゃないとでも言いたいの？」

「いや、そんな事思ってませんよ」

「思ってたわよ。絶対思ってたでしょ！」

僕は慌てて話を変えた。

「南川さん。僕も覚えがありますよ」

「え？」

「司法試験が近づくと急に自信がなくなるんですよ。頑張ってきた分、もし落ちたらどうしようって」

南川さんが眉間(みけん)に皺(しわ)を寄せて言い返す。

「そんなのみんな同じ条件でしょ。うちの息子は甘ったれてんのよ」

「特に南川さんのところは、南川さん一人で苦労して育ててきたのを息子さんもよく分かってるから、余計プレッシャーになっているんだと思いますよ」

「だからそれが甘えだって言ってるの。津田口検事なんかもっと大変な中で頑張ってきたのに」

僕の過去は、今東京地検立川支部で働いているほぼ全員が知っている。

南川さんが、しまった！　という顔で僕に謝ってくる。

「ごめんなさい。余計な事を言ったわね」

「いえ、気にしないでください。もしよかったら一度、南川さんの息子さんに僕が会いましょうか？　母親から言われると腹も立つけど、他人の僕の話なら聞いてくれるかもしれないし」

南川さんの顔が一瞬で明るくなった。

「ホントに？　そうしてくれる？　ありがとう、助かるわ」

「僕でよければですけど……」

「何言ってるのよ。今やこの地検の期待の星は津田口検事ただ一人よ。息子を説得するのにこれ以上の適任者はいないわよ」

「南川さん、僕を買い被り過ぎです」

「そんな事ない。この情報通の南川を舐めないで」

南川さんのご機嫌が急に良くなった。

「じゃ、本当によろしくお願いしますね。必ずこの恩は返すから」

拝むように手を合わせてから、南川さんが嬉しそうに今日の書類を整え始める。

池松律子の取調べ。二日目だ。

「今日は、あなたのご両親について、お話を聞かせてもらいますね」

律子が席に着いたのと同時に南川さんがそう言った。

僕が話を始める。

「父親が池松喜平（きへい）さん、母親はキミさん。あなたはこのお二人の長女として青森県弘前市三世寺で生まれる」

律子は黙って俯いて、自分の爪をいじっている。

「あなたに、ご兄弟はいらっしゃいますか？」

僕がそう尋ねると、律子が黙って首を横に振る。

「池松喜平さんは津軽で民謡歌手をやっていた。ここまで間違いありませんね？」

律子は頷きながら窓の外に視線をやる。

「あなたが生まれる前からあなたの父親。つまり池松喜平さんと、今回の被害者である君塚公平氏の父親、君塚隼吾さんは『池松喜平一座』という民謡の一座を作って、青森中を巡業していましたね」

律子が僕の方に視線をもどし、小さな声でボソっと言った。

「なんでも知ってんのね」

南川さんが笑顔で律子に尋ねる。

「『池松喜平一座』と言えば、当時の青森では相当名前が売れてたんですってね」

律子が微かに笑った。

「そこであなたの父親は民謡歌手を、君塚氏の父親は三味線で唄の伴奏をやっていた」

そう僕が言うと、南川さんが続ける。

「当時を知る人に聞いたら、二人の息はぴったりで、群を抜いて素晴らしかったって。しかもあなたたちのお父様は親友同士だったんですってね」

律子がゆっくりと僕らの方を見て言った。

「『池松喜平一座』が何でできてたか知ってる？」

僕と南川さんが黙っていると、律子が嫌悪感を滲ませながら言う。

「貧困と嫉妬と妬み。それであの人たちは食いつないでたの。親友なわけないじゃない」

僕は古い一枚の写真を机の上に出した。

律子は興味がないのか、見ようともしない。

「この写真を見る限りでは、とても仲のいい二人に見えますが……」

その白黒の写真の中では、律子の父親の池松喜平と、被害者である君塚公平の父親君塚隼吾が肩を組んで楽しそうに笑っている。

律子がその写真を細くしなやかな指で手に取り、やがてこう言った。

「……あの人たちにも、こんな時代があったんだ」

「この写真はあなたが生まれる前、おそらく昭和二十二年頃のものだと思います」

僕がそう言うと、律子が静かに頷いた。

かつての日本には、瞽女（ごぜ）と呼ばれる盲目の女性の三味線弾きが何人もいた。

起源は定かではないが、昭和三十年代、日本の高度成長期に伴い衰退していくまでは、それを生業（なりわい）にしている女性が確かにいたそうだ。

瞽女は先天的な盲目ではなく、後天的に、生まれ落ちてから怪我や病気で視力を失った者が多く、生きるすべとして仕方なく瞽女の親方の元に預けられた。

そうして成長すると、女同士で固まって東北、北陸地方などを中心に転々としながら家々の門口に立ったり、地域の有力者の自宅に招いてもらい、そこで三味線を弾き唄を唄い、米などを貰いながら日々を生活していた。

だが、女性の芸人である事から演奏だけではなく、時にやむなく売春を行う事もあったらしい。

当時の人々はこういう芸人たちを、河原乞食とも呼んでいたらしい。

律子の祖母にあたる喜平の母親のシズは、その瞽女の一人であった。

シズは旅から旅へと回っていくうちに、一人の男の子を産んだ。

それが律子の父親、池松喜平である。

シズは若い頃からの無理がたたって、喜平が十三歳の時に亡くなった。

それから喜平は津軽の三世寺に根を下ろし、一人ぼっちで小作人として働きながら飢えをしのいでいた。

ある日、三世寺に三味線の師匠がやってきた。

村の地主が小作人たちのせめてものなぐさみにと、自分の家に招き入れたのだ。

若かった喜平はこれに飛びついた。

金はなくとも、米や野菜を持っていけば三味線を教えてもらえたから。

その三味線を一緒に習いにいったのが、今回の被害者である君塚公平の父親の隼吾である。

隼吾は農家の六男坊であった。

小作人同士、年も同じであった二人は出会った時からの親友だった。

共に競って三味線を練習し、その三本の糸に未来を託した。

南川さんの調査によると、三味線の腕前は君塚隼吾の方が群を抜いて素晴らしかったらしい。

すぐに師匠以上の実力を発揮し、その界隈では天才と噂されていた。

一方池松喜平は、努力はするものの、天賦（てんぷ）の才がなかったのか三味線の腕はたいして上がらず、やがて唄にのめり込むようになっていった。

ある日、喜平は地元の新聞社が主催する大きな唄の大会に目を付ける。

幼い頃から瞽女の母と一緒に門付（かどづ）けをしていくうちに、知らず知らずに唄を覚えていたからだ。

その唄は、今でいう民謡である。

門付けして鍛え上げられた喉で、喜平は唄の大会で見事に一位になり、新聞社の応援の元、デビューが約束されたのだ。

すぐに喜平は親友でもある隼吾に唄の伴奏を、俗に言う唄付けをやってくれるよう頼み込んだ。

最初は難色を示した隼吾であったが、元来人のいい彼は、喜平の幼い頃からの苦労を思いやりそれを了承した。

中心メンバーは唄い手の喜平。三味線の伴奏に隼吾。そして当時の津軽民謡になくてはならない手踊りの踊り手として村上松夫（むらかみまつお）の三人。

他に尺八や女の踊り子などを含め総勢十名で「池松喜平一座」を結成した。

いくら民謡ブームが来ていたとはいえ、芸事で食べていくのは並大抵のことではない。

しかし喜平は瞽女の子供として生まれ、ずっと世間に蔑（さげす）まれて生きてきた。

だから、そんな世間の人間たちを見返すためにも、なりふり構っていられなかった。

喜平は必死で自分の一座を売り出しにかかった。

そんな思いが通じたのか、やがて彼らは青森で人気を博した。

彼らがついていたのは、その頃から民謡が流行り出したこと。

隼吾の津軽三味線が天才的に上手かったこと。

そしてもう一つの大きな要因は、喜平の、内臓を抉（えぐ）り出すような泣き節にあった。

人々は彼の悲しい唄声に自分の人生を乗せて泣き、やがて苦しい想いを浄化していったのだ。

池松喜平一座を立ち上げた当初の新聞の記事が残っていた。

喜平と隼吾、そして手踊りの村上松夫を取材したものだ。

喜平は記者に答えている。

「最初からこの一座で天下を取るんだと思ってました。俺を見下してきたヤツラに仕返ししてやる。そうでなければ意味がないと」

その新聞記事に載っていた喜平の顔は、自信に満ち溢(あふ)れていた。

次に隼吾が記者に話している。

「最初は反対だったんです。俺の場合は津軽三味線はあくまでも趣味。それで食べていけるとは思ってもいなかったから」

喜平がそれに答える。

「その時隼吾に言いました。今動かなかったら一生小作人のままだって。それに俺には自信があった。俺の唄に、天才と言われる隼吾が三味線で唄付けしてくれれば『池松喜平一座』は絶対に売れるって。だから必死でコイツに頼み込んだ。俺は必ず民謡歌手として天下取ってやるからって」

隼吾が答える。

「俺は、たとえ売れなくても小作人に戻ればいいと思っていました。けど、喜平の今までの苦労を考えた時、絶対にコイツの夢を叶えてやりたい。そう思ったんです」

その記事には、隼吾の優しさが滲み出ていた。

最後に手踊りの村上松夫が、そんな二人に茶々を入れている。

「喜平はもうすぐ結婚するんですけどね、隼吾が心配したんですよ。芸人になるなんて大博打、喜平の婚約者が許すはずないって」

「隼吾が一緒なら絶対に大丈夫。俺の許嫁（いいなずけ）は俺なんかより、隼吾の事信用してるんだからって」

と喜平が答えていた。

喜平の婚約者というのは、のちに喜平の妻になり、やがて律子を出産するキミの事である。

当時のこの記事を読むだけでも、男同士の仲の良さが滲み出ている。

この記事から一年後、彼らは喜平の予想通り、青森一有名な民謡一座になっていた。

「この写真のすぐ後に、『池松喜平一座』を組み、一年後には青森で絶大な人気を誇った」

僕がそう律子に言うと、律子はまた窓の外を眺める。

南川さんが続ける。

「あなたと被害者の君塚公平さんは幼馴染だったのねえ」

僕が話を続ける。

「そしてあなたのお父様である池松喜平さんは……」

律子がフッと、声に出して小さく笑った。

南川さんが不思議そうな顔をして律子に尋ねる。

「池松さん。何が可笑しいんですか？」

律子が笑いながら答える。

「だってさっきから、お父様なんて言うから」

「なにか間違いがありましたか？」

僕がそう尋ねると、今度は吐き捨てるように律子が言った。

「お父様なんて、そんな上等なもんじゃないのに」


当時の池松一家の様子を南川さんが調べてきてくれた。それによると、あまり家族仲は良くなかったらしい。

喜平は『池松喜平一座』で成功し、結婚して子供も生まれて、傍から見たら幸せの絶頂のはずの時期に、毎晩飲み歩いていたと報告書には書いてある。

そして律子も、子供の頃の喜平と同様に周りの人間に差別されていたようだ。

やはり昔の田舎町では瞽女の息子、孫という醜聞は生半可な事では消えてくれなかったんだろうか。

律子は当時、周りの子供たちから、

淫売。

そうあだ名をつけられていたそうだ。

「池松さん、一つ質問させてください」

南川さんが律子に尋ねる。

「あなたが警察に留置された時に行った身体検査の結果を見させてもらいました。健康状態になんの問題もなかったそうです。ただ……」

律子はまた、自分の爪をいじっている。

「あなたの身体には、無数の古い傷がありました。それからタバコの火のような物を押し付けられた火傷の痕。それは誰につけられた傷ですか？」

律子が口を開く。

「自分でやったの」

微かに驚く南川さんの様子を、律子は見逃さない。

「だって面白いじゃない。人間って何をやってもなかなか死なない強い生き物なんだね」

そう言った律子の唇が、ぬめりと光った。

僕は今日一番の、大事な質問を律子に投げかけた。

「それにしても奇妙な事があるもんです。あなたは今、殺人と放火の疑いで勾留されている。そして二十三年前、あなたのご両親も、火事が原因で亡くなられている。いったい過去に何があったんですか?」

律子の顔が一気に白くなる。

そうだ、僕はこの時思ったんだ。池松律子は、生きる屍だと。

それから律子は、天女のような顔で微笑(ほほえ)んだ。

娼婦のような女１　行島道夫

「お父さん、警察から電話なんだけど……」

事務所で伝票とにらめっこしていた私に、妻の清美（きよみ）がそう声をかけた。

「警察？　何の用件で？」

そう妻に尋ねると、困惑した様子で答えた。

「私も警察に聞いたんだけど、とにかく行島道夫（いくしまみちお）さん本人と話がしたいからって」

「分かった」

私はそう言いながら、事務机の上にある受話器を取ろうとすると妻が言った。

「会社じゃなくて、自宅の方にかかってきてるの」

「まさか、博美（ひろみ）か康子（やすこ）に何かあったわけじゃないだろうな」

私は思わず、娘二人の名前を口にした。

「だったら母親である私に言うはずでしょ。とにかく急いで」

妻にそう急かされ、会社の隣にある自宅に向かって、急ぎ足になりながら考える。

三十五歳の時に、それまで勤めていた工場から独立して自分の会社を建てた。

株式会社行島ネジ。

それから二十年。真面目に誠実にやってきたつもりだ。誰に恥じることなく生きてきた。

それなのに警察から電話。しかも娘たちにも関係ない。

いったいどんな用件なんだろう。

私は家の玄関を入り台所の横にある受話器を取り、一度大きく深呼吸してから口を開いた。

「お待たせしてすみません、行島です」

受話器の向こうから事務的な声がする。

「行島道夫さんご本人ですね？」

「はい」

「あなたの姪である池松律子が、放火殺人の容疑で逮捕されました」

律子の母親キミは、私の一人きりの姉である。

私たちの父親は、飲む、打つ、買う、そして暴力。四拍子揃った、典型的なダメ男であった。

働きもせず、たまに家に帰ってきては金をせびり、その金が家にないと分かると我々に暴力を振るう。

母親は、そんな父を責めるわけでもなく、ただ黙って働いて家族を養っていた。

そんな心労がたたったのであろう。

母は、姉が十八歳、私が十五歳の時に、ポックリと死んでしまった。

父は、姉と私の少ない稼ぎには興味がなかったのか、母の葬式の後フラリと出掛け、そのまま帰ってこなくなり、いまだに行方は不明である。

姉はその当時、地元津軽の公民館で事務員として働いていた。

私は母の死後、集団就職で埼玉のネジ工場に勤めることになり、上京し、姉とは連絡も途絶えがちになっていた。


私が埼玉に出てきて三年近く過ぎた頃、突然姉から連絡があった。

結婚したい人ができた。紹介したいから一度津軽に帰ってこいと。

封筒の中に、往復の交通費まで入れて。

私は慌てて休みを取り、久しぶりに津軽に戻った。

姉の夫となった池松喜平と最初に会ったのは、確か津軽駅前の古びた喫茶店であったと記憶している。

その時、私は十八歳。姉は二十一歳。池松喜平は、二十五歳であった。

姉に教えられた喫茶店のドアを開けると、すでに姉と喜平が座っていた。

姉は私を見つけると、満面の笑みでこちらに手を振った。

私が席に着くやいなや、姉は嬉しそうにこう言った。

「こちらが、今度結婚することになった池松喜平さん」

姉が指さす方を見ると、強面(こわもて)で色の黒い負けん気の強そうな顔の男が、私に向かって無理矢理笑顔を作って言った。

「よお、よろしくな」

怖い。凄く怖そうだ。

私は自慢ではないが、子供の頃から気が弱く、いつも近所のガキ大将にいじめられて泣かされては、姉に仇(かたき)を討ってもらっていた。

どうしよう。ちびりそうだ。そうだ。まずは深呼吸だ。私は二度、深く深呼吸をした。

姉は、そんな私の様子を可笑しそうに眺めながら言った。

「大丈夫よ。この人が怖いのは見かけだけで本当は優しいんだから。このあいだ電話で話したでしょ？」

姉から連絡が来た時に、この強面の池松喜平の話は聞いていた。

子供の頃から苦労して育ったから誰に対しても優しい男だと。

元は農家の小作人で、今現在は民謡歌手を目指しているんだとか。

私は電話口でこの結婚に大反対した。苦労してようが優しかろうが関係ない。

真面目に小作人をしているならまだしも、その仕事を捨て、唄い手なんて夢みたいな事を言っている男と結婚したって、幸せになれるはずがない。

けれど恋する姉には、私のどんな厳しい言葉も響かなかった。

だから私は家族を代表してこの池松喜平という男に、姉とどうしても結婚したいのなら、キチンと定職につくようにと、説教してやろうと思ってわざわざ津軽に帰ってきたのだ。

でも……怖い。とにかく顔が怖い。殴られたらどうしよう。いや、ダメだ。ここで私が強く言わないと、たった一人の姉が不幸になってしまう。

私が意を決して口を開こうとすると喜平が言った。

「お前、キミによく似てんな。そんな色白で細っこい身体で工場勤めは大変だろう」

「あ、はい……、はい。あの、でも丈夫なんで、なんとかやってます」

私は何を言ってるんだ。ちゃんと説教をしなければ……。

まずは落ち着こう。何か飲み物を……。私がそう考えていると喜平が続けた。

「クリームソーダ頼んでやろう。ちょっとお姉ちゃん」

勝手に私の飲み物をクリームソーダと決めてウエイトレスを呼び止める。

「あの、私は……」

「なんだよ、ガキのくせに遠慮するな」

「私は子供じゃありません。立派に働いている大人の男です。甘い物なんか飲みません」

「おう、そうか。悪かったな。じゃ、何がいいんだ？」

「コーヒーをお願いします」

しまった。コーヒーなんて飲んだことないのに頼んでしまった。

「お姉ちゃん、こいつコーヒーだってさ」

喜平が大声でウエイトレスに注文し直す。

ダメだ。このままだとこの男のペースに完全に巻き込まれてしまう。

そう思った私は、いきなり本題に入った。

「池松さん、お話があります」

すると喜平が言った。

「そんな堅苦しい呼び方すんな。お前はもう俺の弟なんだから兄ちゃんって呼べ」

定職にもついていない男を、そんな風に親しげに呼べるか！

私がそう思っていると喜平が続けた。

「俺一人っ子でよ、ずっと弟が欲しいと思ってたんだ。だからキミから弟がいるって聞いた時は嬉しかった」

強面の顔が人懐っこい笑顔に変わった。

「俺、ろくでもない育ちなんだよ。うちの母親は瞽女でさ、ずっと河原乞食の息子だって言われて生きてきた」

姉は一言もそんな事言ってなかった。

「それでもお前の姉ちゃんは俺の嫁になってくれると言った。俺の事を信じるって言ってくれた」

そう言いながら突然、喜平が涙をこぼし始めた。

私が驚いていると、喜平は流した涙を拭（ぬぐ）おうともせずに話を続けた。

「母親が十三歳の時に死んで、それからずっと一人ぼっちだった俺にやっと家族ができたんだ。頼む。一生幸せにするから、どうか俺たちの結婚を許してくれ」

ゴンと鈍い音がした。

喜平が頭を下げた拍子にテーブルに強くぶつけたのだ。

私は何が何だか分からなくなり、慌てて喜平に言った。

「頭を上げてください。姉の事よろしくお願いします。どうか、幸せにしてやってください」

あれ？　なにか違うぞ。私はこの男に説教をしようと思ってたのに。

あ、そうだ。定職につかないと結婚は許さない！　それを言わなくちゃ。

そう思ってたところにコーヒーがやってくる。

とりあえず、これを飲んで落ち着こう。私はコーヒーカップを手に取り、ゴクリと飲んだ。

熱い！　苦い！　熱苦い！　思わずむせてしまう。

「道夫。あんたコーヒーなんて、初めて飲むんじゃないの？」

姉のキミが、飲んでいた水を吹き出して笑いながらそう言うと、喜平もぶつけたオデコを赤くしながら一緒になってゲラゲラ笑った。

恥ずかしさも手伝って思わずムッとした顔をしていると、喜平が急に真顔になって言った。

「済まなかった。別にバカにしたわけじゃないんだ」

何と答えたらいいか迷っていると、喜平が話を続ける。

「お前の言いたいことは分かってる。民謡歌手なんかでどうやって女房を養っていけるのかって、きっとそう言いたいんだろ？」

そうだよ。それだよ。

「その心配はいらない。俺は必ず唄で天下を取るから。大丈夫だ。俺の唄と、俺の相棒の三味線弾きがいれば、絶対に世間は注目する。芸事に河原乞食の息子も何も関係ない。俺がこの世で金持ちになるにはこの方法しかないいんだ」

続けて姉のキミが言う。

「この人ね、この間こっちの新聞社が主催する大きな唄の大会で優勝したの。その新聞社が唄い手としてデビューさせてくれるのよ。だから絶対に大丈夫」

喜平がさらに続ける。

「キミは俺と相棒の音色を信じて付いてくるって言ったんだ。俺の相棒な、君塚隼吾って言うんだけど、こいつがまた凄いんだ。津軽で唯一無二の天才三味線弾きなんだよ」

「道夫、あんたもこの人の唄と、隼吾さんの三味線を聴けばすぐに分かるはず」

二人の目が輝いている。

言ってる事はなんの根拠もなく、とてもじゃないが結婚を承諾できる理由にはならないのに、なぜだか妙な説得力がある。

そうだ、二人には希望があるんだ。だからこんなにもキラキラして見えるんだ。

もう何も言えなかった。

けれど最後に、どうしても言わなければならない事を、一つだけ言った。

「池松さん。一つだけお願いがあります」

「なんだよ。なんでも遠慮せずに言えよ」

真顔で喜平が答える。

あ、まずい。本格的に緊張してきた。私は思わず喜平に言う。

「すいません。ちょっと深呼吸していいですか？」

「お前、さっきも深呼吸してたよな」

私が立ち上がって深呼吸している様子を見て姉のキミがすかさず答える。

「この子ね、子供の頃から緊張すると深呼吸する癖があるのよ」

喜平がしみじみと言う。

「お前、真面目なヤツなんだな」

大きな深呼吸を三回してから、私は話を続けた。

「私たちの父親は最低な男でした」

「聞いてるよ。働きもしないで飲んだくれて、お前らに暴力振るってたそうだな」

喜平が真剣な顔でそう頷いた。姉が言う。

「お母ちゃんも私たちも、本当に苦労したもんね」

「だからもし、もしあなたが一度でも姉ちゃんに手を出したら、私はあなたを許しません」

私が震えながらそう言うと、喜平が私の目をまっすぐに見つめながらこう言った。

「自信のない男ほど女を殴るんだ。俺には唄という自信がある。だから、絶対に大丈夫だ」

そうか、きっとこの人の言う通りなんだろう。

今はどこにいるのかさえ分からない我々の父親は、ずっと自信のない男だった。

そして、哀れな男だったんだ。

私は津軽に帰ってきて、初めての笑顔で喜平に言った。

「姉の事、よろしくお願いします」


それから、喜平と姉のキミに連れていかれて何軒か飲み屋をはしごした。

当時十八歳の私は、初めてベロベロに酔っ払った。本当に楽しい晩だった。

最後の店を出たところで、酔った私は空に向かって、天国にいる母親に大声で姉の結婚を報告した。

「母ちゃん、姉ちゃんがすごくいい人見つけたよ。これから幸せになるんだって。母ちゃん、どうか姉ちゃんの事見守ってやってくれよ」

私は途中から泣き出してしまった。

隣で背中をさすってくれていた姉も泣いていた。

そして喜平も、泣いていた。

二人とは、それきりだった。

姉とはたまに手紙でやり取りすることはあったけど、埼玉と津軽では離れすぎていて、なかなか会う機会がなかった。

でも一度だけ、当時私が住んでいた寮に姉から電話がかかってきた事があった。

律子が生まれた日だった。

姉の声はとても元気で明るかった。幸せにやっているんだ。

私は姉に会えなくても、それだけで満足だった。

「お父さん、警察からの電話、なんだったの？」

電話を切った後、居間でボーっとしていると、妻の清美がいつのまにかやって来て私に聞いた。

私は事情を説明して、仕事に戻った。

律子と初めて会ったのは、律子が十二歳の時だった。

律子の自宅が火事になり、義兄の喜平と姉のキミが亡くなった通夜の晩だった。

大勢の大人に囲まれて、律子は親族の席に一人でポツンと座っていた。

十二歳になった律子は、姉のキミと瓜二つだった。

大きな座布団にちょこんと座っているその姿は、我々の母親の葬式の時の姉、そのものだった。

幸せに暮らしていたはずの姉。

それが、一人娘を残して死んでしまった。

いったい何があったんだ。

でもそれを深く考える時間はなかった。

これから律子を、姉の代わりに育てなくてはいけなかったから。

津軽から埼玉まで汽車で律子を連れ帰る時、大人たちに混ざって二人の少年が見送りに来てくれた。

一人は『池松喜平一座』で、手踊りをしていた村上松夫の息子。

もう一人は、今回の事件の被害者、君塚公平である。

三人は生まれた時からの幼馴染で、ずっと一緒に育ってきたと聞いた。

当時中学二年生だった君塚公平と手踊りの松夫の息子は、私と律子の乗る汽車が動き出しても、走って追いかけてきた。

何度も転びそうになりながら、ずっと追いかけてきた。

あの時の何とも言えない、彼らの悲しみを帯びた瞳の色を、私は今も強く覚えている。

そして、今回の事件で思い出したことがある。

喜平と初めて会った日に、ずっと喜平が熱く語っていた天才三味線弾きの君塚隼吾は、最後まで我々の汽車を追いかけてきた二人の少年のうちの一人、君塚公平の父親だった。


埼玉で一緒に暮らすようになってからの律子は、常に平常心を保っているように見えた。毎日決まった時間に起きて学校に行き、帰ってくると宿題を済ませ、私の作った旨くもない食事を文句も言わずに食べて寝る。

時には私の面白くもない冗談にも笑い、まるで両親を火事で亡くしたことを忘れてしまったかのように見えた。

けれどそれは上辺だけで、きっと子供なりに我慢をしていたのだろう。

埼玉に来たばかりの頃は何度も夜中にうなされていた。

私は律子がうなされていることに気づくと、彼女の寝ている部屋に入り、しばらく抱きしめてやった。

たいていは私が抱きしめるとすぐに落ち着いたが、一度だけ、夢からなかなか覚めないのか、ずっとうわごとを言っていた事があった。

「音色が、私から離れてくれない」

彼女は泣きながらそう訴えた。

父親の喜平も元は三味線弾きであったから、きっとその音が恋しくなったのだろう。

私は慰める言葉もなく、ただただ愚直に一緒に深呼吸をした。

しばらくして落ち着いた律子が、笑顔で私にこう言った。

「おじさん、ありがとう」

あの時の笑顔が、今も忘れられない。


「いやあ、それにしても、お宅の工場は順調で本当に羨(うらや)ましい」

禿げ頭を真っ赤にしながら、町内会長の大崎(おおさき)さんが言う。

「そんな事ないですよ。なにしろ私は勇気がないですからね、手広くしていないからギリギリやっていけるんですよ」

私がそう言うと、大崎さんが大げさに手を振って言った。

「それが大事なの。商売に勇気なんて必要ない。なにせ社員を抱えてるんだから手堅いのが一番。今お宅の工場、何人雇ってんの？」

「家内工業に近いですからね、全部で五十人です」

私がそう答えると、大崎さんがすかさず言った。

「それを二十年続けてるんだからすごいって俺は言ってるの。あ、ちょっと女将さん、ビールもう一本持ってきて」

今日は町内会の会合の後の、慰労会という名の飲み会だ。

酒などたいして好きではないが、これも会社のため。

なにせ地域密着型の小さな工場。ご近所さんとは持ちつ持たれつ。

「行島さんとこのお嬢さん二人、小学校から大学まである、私立のお嬢様学校に通わせてるんでしょ？」

米屋の橋田さんが私にそう尋ねた。

「いや、たまたまです。上の娘が今の学校の制服に憧れてどうしてもって言うもんですから。もうね、ホントギリギリで生活していますよ」

「工場を立派に続けて、娘二人を私立の学校にやって、近所でも評判の優しい女房がいて、生活ギリギリくらい当たり前だよ。もう、あんたが羨ましいよ」

あまり酒癖のよくない橋田さんが、いつもの通り絡みだした。

それをかばうように乾物屋の吉川さんが言った。

「いや、俺は行島さんの苦労が分かるよ。行島さんとこも俺んとこも娘だろ。毎日何かと大変だよな」

「何が大変なんだよ」

酒で目をとろりとさせた橋田さんが不機嫌そうに言う。

「俺んところも女三人。行島さんとこも女二人。しかもどっちも思春期。もうさ、親父なんてどこにも居場所がないんだから。ねえ、行島さん」

吉川さんが、今度は私に向かって言う。

「確かに、中学生になった途端に娘二人とも変わりましたね。もう、私の目も見てくれなくなって……」

私がそう答えると、我が意を得たりとばかりに強く頷いて、吉川さんが話を続ける。

「そうそう。親父なんて汚い物扱いなんだから。こっちは一生懸命家族のために働いてるっていうのにさ、お父さんと洗濯物一緒にしないでって、こないだ娘が女房に言っててさ、さすがに俺もへこんだよ」

我が娘たちも全く一緒だ。上の娘が中三、下が中一。

もうすでに一丁前の女で、父親とは口も利かない。

「そんな辛気臭い話はやめて、男同士の話をしようぜ」

町内会長がへべれけで言う。私は適当にあしらい一足先に自宅に帰ってきた。

夜も遅くもう家族はみんな寝静まっている。

冷蔵庫からビールを一本出して、ソファに座りゆっくりと飲んだ。

ビールを飲みながら、我々が一緒に住んでいた時、律子が一度だけ起こした事件を思い出していた。


あれは一緒に住みだしてちょうど一年。

律子が中学二年生に上がってすぐの頃だった。

当時働いていた工場に突然警察から、律子が万引きしたと電話があったのだ。

私は慌てて自宅に帰ると、部屋の真ん中で律子がポツンと座っていた。

「さっき警察から工場に電話があって……」

私がそう言うと、律子が黙って私を見上げた。

「お前が万引きして逃げたって……」

律子がコクンと頷いた。

「やっぱり本当だったのか」

私は律子の前に座り、話を続けた。

「いったい何が欲しかったんだ」

律子は俯き、自分の爪をいじっている。

「どうして黙ってるんだ。とにかく盗んだものをここに出しなさい！」

なおも黙っている律子に、私は苛立ち言った。

「律子！　何とか言いなさい」

それでも黙っている律子に目をやると、律子が自分のお腹を手で押さえていた。

「お腹がいたいのか？　いいよ、トイレ行ってこい。その後ゆっくり話を聞くから」

私がそう言うと、律子がゆっくりと立ち上がりトイレに向かう。

律子がトイレに入ったのを確認して、何の気なしに律子が今まで座っていたところを見ると、血が一滴落ちていた。

私は慌ててトイレの律子に向かって言った。

「お前、怪我をしてるのか？」

トイレの中から、律子の小さな声が聞こえてきた。

「怪我なんて、してない」

私は畳についた血を雑巾で拭きながら言った。

「だってお前、血が……。どうしたんだ。ちょっとおじさんに見せてみろ」

心配になりトイレの前まで行くと、今まで聞いたことがないような強い声で律子が言った。

「こないで！」

どうしたんだろう。学校でいじめられたんだろうか？　そうだ、そうに違いない。親がいない事で悪ガキにいじめられて殴られたんだ。

私はトイレのドアを叩きながら再び律子に言った。

「律子！　鍵を開けなさい。とにかく傷を何とかしなくちゃ。今救急車呼んでやるからな」

律子が答える。

「生理が、来たの。今日、初めて」

「生理ってなんだよ、もっとおじさんに分かるように……」

あ……、そうか。生理って、そうか。もうそんな年頃だったんだ。

私は自分の顔が急に赤くなるのを自覚した。

「生理用品買うお金がなくて、それで万引きしたの。ごめんなさい。ごめんなさい」

トイレの向こうで律子が泣きじゃくっている。どうして気づいてやれなかったんだろう。

「そうか……。おじさんが悪かった。気づいてやれなくてすまなかった」

律子は私に生理用品を買ってくれとは、恥ずかしくてどうしても言えなかったんだ。

全く私はバカだ。思春期の女の子を育てていたら当たり前の事なのに。

私が気が付かなかったことで、こんなにも律子を傷つけてしまった。

なおも泣き止まない律子に向かって、私は言った。

「気づいてやれずにごめんな。今からおじさん、お前を万引きで通報した薬局に行って説明してくる。お前が悪いんじゃなくて、何にも気づかなかったおじさんが悪かったんだって。警察にもちゃんと説明してくるから」

律子の泣き声が徐々に小さくなる。

「それから生理用品だな。分かってる大丈夫だから。おじさんが買ってくるのは恥ずかしいんだろ？　それくらい分かるから」

トイレの中はひっそりと静まりかえっている。

「おじさんだって女の人の気持ち、少しくらいは分かるんだからな、安心しろ。今、大家のおばさんのところに行って、生理用品買ってきてもらうように頼むから。大丈夫。お前は安心してトイレにいていいから。とにかく全部おじさんに任せろ」

私がそう言うと、トイレの中から律子の叫び声が聞こえた。

「お願いだから、これ以上騒がないで！」

「そんな事言ったって、お前……」

私は動揺する心を鎮めようと、深呼吸をした。

どのくらい時間が経ったのだろう。私が何回目かの深呼吸をしていると、突然トイレのドアが開き、律子が何事もなかったかのように私を見て言った。

「もう、大丈夫だから」

「大丈夫なわけないだろ。初めてのことなのに……」

おろおろする私の言葉を制するように律子が言った。

「私、女だから」

そう言った唇が、日の光に反射してキラリと光った。

今から思えばあの日から律子は、確かに大人の女になったんだ。

娼婦のような女２　津田口亮介

「あれ？　津田口さん。こんなに朝早くどうしたんですか？　今日はお休み？」

姉の寝ているベッドの脇に座っていると、病室に入ってきた看護師が僕を見てそう尋ねてきた。

「これから仕事です」

僕がそう答えると、看護師が姉に向かって優しく喋りかけた。

「美奈子さん、弟さん優しくていいわね。出勤前にお見舞いきてくれたんだって」

「これから忙しくなるので当分来られないと思いますが、よろしくお願いします」

僕は丁寧に看護師に頭を下げ、姉の入院先の病院を後にした。

電車を降りて東京地検立川支部に向かって歩いていると、木田支部長が僕に声をかけてきた。

「池松律子の件はどうなってますか？」

「二十三年前に池松律子の父親が焼身自殺をしてまして、今、そこを調べている最中です。

それと……」

　僕が言いよどむと、木田支部長が聞き返してくる。

「それと？」

「被疑者の池松律子は、どうして被害者の君塚公平に常に暴力を振るっていたのか、その辺の彼女の心情を……」

「被疑者の心の中など全く関係ない。検事は常に事件の真実だけを見つめなければならない。違いますか？」

「は、はい」

　続けて木田支部長が言う。

「こんな事件はどこにでも転がっています。一秒でも早く片付けて、他の事件に取り掛かってください」

　その通り。木田支部長の言う通りだ。

「分かりました。早急に本件を解決します」

「いいですか？　我々検事のやるべきことは、一つでも多く起訴をして有罪に持ち込むことです」

　そう言うと木田支部長は足早に去っていった。

エレベーターで五階まで上がり廊下を歩いていると、僕の部屋から南川さんの大きな声が聞こえてきた。

「これで何度目の電話だと思ってるんですか」

何事かと思い部屋に入ると、南川さんが電話に向かって真っ赤な顔で怒っていた。

「はぁ～？　私にそちらの津軽警察署まで取りにこいって、今あなたそう言いました？　あのね、こちらはキチンと段取りを踏んで、正式に所轄に書類を依頼してるんですよ」

いつも怖い南川さんだけど、こんなに怒っているのは珍しい。

「うるせえなあとはなんですか！　あなた何様のつもりなの？　ちょっと待って、とにかくあなたの名前を聞かせてください」

南川さんが傍にあったメモ用紙に鉛筆でメモを取る。

怒りで鉛筆の芯が折れそうだ。

「刑事課の村上（むらかみ）さんね。分かりました。今度届かなかったら村上さん、あなたに直接お電話しますからね」

ガチャン！　受話器を置く音さえも荒々しい。

「朝っぱらから気分の悪い」

「どうしました？」

僕が尋ねる。

「池松律子の追加資料、何度頼んでも全然送ってこないのよ」

「そういえば遅いですよね」

「田舎の警察は何やらせても遅いのよ。しかも今、電話口に出た男がまた感じ悪いの」

南川さんはプリプリ怒りながら、今日の取調べの資料をまとめ始める。

「津田口検事もぐずぐずしてないで、さっさと仕事してください」

南川さんの怒りのとばっちりが、僕に飛んできた。


コツコツコツコツ。

僕と南川さんが取調室で座っていると、二つの足音が聞こえてくる。

一つは警察官の足音。もう一つは、その警察官に連れてこられた池松律子の足音だ。

扉が開く。律子がいつもの席に腰を下ろす。

朝の光が、彼女の透き通った白い肌を照らしていた。

「おはようございます」

律子が元気ににこやかな挨拶をする。

僕と南川さんも彼女の笑顔につられて、笑いながら挨拶をする。

「おはようございます」

「今日もよろしくお願いします」

昨日とは打って変わって、礼儀正しく明るい律子に戸惑いを隠せない南川さんが言った。

「池松さん、どうかしたの？」

律子が不思議そうな顔で南川さんを見て聞き返す。

「何がですか？」

「だって昨日とは別人みたいじゃない」

律子は首をかしげて子供のように笑いながら、けれどハッキリとこう言った。

「昨日の私も今日の私も、全部私です」

「でもおかしいわよ。急にしおらしくなっちゃって……」

まだ先を続けようとする南川さんを制して、僕は今日の取調べを始めた。

「では、本日の取調べを始めます。あなたは昭和三十七年にお父様が焼身自殺をされて、その際お母様も亡くされ天涯孤独になった。それで、たった一人の肉親であるお母様の弟さん。つまりあなたから見て叔父にあたる行島道夫氏に引き取られた。間違いありませんね？」

僕がそう尋ねると、律子が遠い目をして言った。

「いい人なの。優しくて、真面目で、単純で……」

「行島道夫氏の事ですか？」

律子が小さく頷く。

「あなたが中学を卒業するまで、行島氏が保護者として、約三年間生活を共にする」

「深呼吸の好きな人だった」

唐突に律子が言った。僕と南川さんの目が合う。

「深呼吸すれば全部が解決できるって、本気でそう信じてたの。私のおじさん」

その日の午後、僕と南川さんは律子の叔父の行島道夫氏の経営する工場に聞き込み調査に行った。

「あ、あった。株式会社行島ネジ。ここですね」

南川さんが工場の看板を指さしてそう言った。

町工場だと聞いていたがずいぶん立派な建物で、経営が上手くいっていることはこの建物からも容易に想像ができた。

工場の中に入り、受付の人に応接室に案内してもらう。

差し出されたお茶を飲んでいると、人の好さそうな恰幅（かっぷく）のいい初老の男性が現れた。

「大変お待たせ致しました。私が律子の叔父の行島道夫です」

さして暑くもない部屋で、しきりと額の汗をハンカチで拭いながら行島が言った。

「今回の事件を担当する検事の津田口です。こちらは検察事務官の南川です」

「はい……。はい……。あの、ええ、伺っております。どうぞ、どうぞお座りいただいて」

僕と南川さんはそう促されて椅子に座る。

行島も僕たちの向かいの席に腰を下ろそうとしたが、慌てていたのか椅子のひじ掛けに尻をぶつけた。

「痛っ！　うわっ！　なんでこんなところにひじ掛けが……。尻に刺さっちゃったよ」

そう言いながら我々の視線に気づいたのか、再び慌てたように言った。

「あ、あの、すみません。どうぞ、ね、どうぞお楽に、お楽に」

むちゃくちゃ緊張しているようだ。

南川さんが、行島に見えないように僕の脇腹をつつく。

「お忙しい中、お時間作っていただいてありがとうございます」

僕があえてゆっくりとした口調でそう言うと、行島がハンカチで口元を押さえながら言った。

「いえ、……、いえ、こちらこそ、あの、よろしくお願い致します」

「早速ですが、池松律子を引き取られた当時、行島さんはおいくつだったんでしょうか？」

僕がそう尋ねると行島の唇が動いた。何かを喋っているようだ。

けれど声が小さすぎてこちらに全く聞こえてこない。たまらず南川さんが言う。

「できれば、もう少し大きな声で話していただけると……」

すると今度は怒鳴るような大声で行島が謝る。

「す、すみません。なんだか緊張してしまって」

南川さんが行島の緊張を少しでもほぐそうと、笑顔で言う。

「そうですよね。お気持ち分かり……」

「三十一」

行島が、突然そう大声で口にする。

南川さんがキョトンとした顔で聞き返す。

「何が、ですか？」

「律子を引き取った時の私の年齢です。さっき、こちらの検事さんに聞かれたので」

「三十一歳の時、そうですか。でも三十一歳という若さで、十二歳の思春期の女の子を、よく引き取ろうと思われましたね」

「身内は、私しかいませんでしたから」

そう答える行島の額から、滝のような汗が流れだす。

「深呼吸をしましょう」

再び、唐突に行島が言う。

「え？」

南川さんが聞き返す。

「私が……」

「ああ。行島さんが、深呼吸をされるんですね」

南川さんがそう言うと、行島が今度は僕の方を向き、気を付けの姿勢で言った。

「今この場で、深呼吸をしてもよろしいでしょうか？」

「もちろんです。ゆっくりおやりください」

行島が大きな手ぶりで深呼吸をした。まるでラジオ体操のように。

三回ほど深呼吸をすると少しは落ち着いたのか、行島が笑顔になって僕に言った。

「はい、……はい。もう落ち着きました。すみません」

「では、次の質問をさせていただきます」

僕の言葉を遮って行島が言う。

「いろいろお話しする前に、私から質問させていただいていいですか？」

僕が頷くと、行島が話を続ける。

「律子は、今回の事件について何と言ってるんですか？　容疑を認めているんですか？」

「まだ、取調べを始めて間もないんですが、池松律子はすでに、保険金目当てで犯行に及んだと、認め始めています」

「そうですか……」

行島はそう言って俯いた。

行島の言葉をしばらく待ったが、口を開きそうにないので僕は質問を続けた。

「行島さん。もう一つ、伺ってもよろしいでしょうか？」

「……なんでしょうか？」

「行島さんが現在経営していらっしゃるこの工場。確か、池松律子が行島さんの家を出ていった翌年に独立してますよね？」

再び、行島が押し黙る。

俯きながらしきりに額の汗をハンカチで拭っている。

たまらず南川さんが声をかける。

「行島さん、ひょっとして具合が悪いのでは……」

南川さんの言葉を遮るように、行島が僕に向かって口を開く。

「それは、あの、脅しですか」

勘はあたっていたようだ。

僕は慌てたような芝居を打って行島に聞き返した。

「何か失礼な事言いましたか？」

「あの、言うのが遅れましたが」

僕は行島の次の言葉をジっと待った。

「私の会社の独立資金は、律子の両親の保険金から出しました。でもそれは律子が、自分から使ってくれって」

「十五歳の少女がですか？」

僕は行島の目をジっと見つめながらそう聞き返した。

行島が、か細い声で答える。

「お疑いでしたら、本人に聞いてみてください」

「いえ決して、疑っているわけではありません」

僕がそう言うと、行島が顔をゆがめて言った。

「両親の保険金を私に寄こしたのは、おそらく手切れ金のつもりだったんでしょう」

手切れ金？　十五歳の少女が？　僕は思わず行島に聞き返した。

「それは、どういう意味ですか？」

今度は行島が、僕の目をまっすぐに見つめてこう言った。

「そのままの意味です」

行島ネジを去る時に、外まで送ってくれた行島が、最後に僕と南川さんに向かってこう言った。

「律子は、娼婦のような女でした」

南川さんと別れてからまだ片付けなければいけない仕事がいくつかあったが、僕の足は姉の入院する病院に向かっていた。

眠っている姉の顔を見ながら、ずっと池松律子の事を考えていた。

彼女はいったいどういう人生を歩いてきたんだろう。

十五歳の少女が手切れ金を？　自分の叔父に？

家に帰ってからも彼女の事が頭から離れず、結局朝まで眠れなかった。

翌日、ボーっとした頭を抱えながら仕事場に行くと南川さんが僕を待ち構えていた。

「村上って刑事がお見えになってるんですけど……」

「村上さん？　どなたですか？　約束してましたっけ？」

「いいえ勝手に突然来たんです。とにかく会議室で待たせてあるんで一緒に来てください」

会議室の扉を開くと、ひどい猫背の男のうしろ姿が見えた。

僕はその男に向かって声をかけた。

「東京地検立川支部の津田口です」

猫背の男が振り返る。

くたびれた鼠色のスーツを着た、小柄だがガタイのいい男。

その男の額には、古い傷痕があった。

僕は男に向かって言う。

「お待たせしてすみませんでした」

「本当だよ。このおばさんが大至急資料を届けろと言ったから、わざわざ急いで津軽から東京まで届けにきてやったのに」

南川さんを無遠慮に指さして、その男が言った。

ムっとした顔の南川さんを尻目に、再び僕が尋ねる。

「あの、失礼ですが、どちら様でしょうか？」

南川さんがすかさず答える。

「津軽署の村上刑事です。池松律子の過去の資料を送ってくださいとお願いしていた」

ああ、この間南川さんが電話口で怒っていた相手だ。

「だいたいね、私は郵送で送ってくださいと言ったはずですよ。それなのに直接来られても、こちらにも都合があるんですから」

南川さんの怒りが収まりそうにないので、僕が話を引き取る。

「そうでしたか。わざわざ届けていただいてありがとうございました」

そう言った途端、男の目の色が意地悪く光った。

「いやあ、さすが東京の偉い検事さんは違うなあ。資料を早く届けろって命令しておいて、こんなに待たせるなんて」

「だから、私は郵送してくださいって……」

喧嘩する気満々の南川さんを制し、僕は名刺を渡しながら改めて村上さんに挨拶をした。

「わざわざありがとうございます。改めまして、池松律子の担当検事の津田口と申します」

村上も不器用そうな手で名刺入れから名刺を僕に差し出した。

村上……。下の名前はなんと読むんだろう。

「珍しい漢字ですね？　下のお名前はなんとお読みするんでしょうか？」

「どうでもいいだろ、そんなの」

村上がぶっきらぼうにそう答えた。

「じゃ、確かに資料は渡したからな」

そう言いながら出ていこうとする村上に、僕が声をかける。

「あの、村上さん、ちょっと待ってください。僕、まだ津軽の事に疎（うと）くて、もしよろしければ、もう少しお話を伺いたいのですが……」

すると突然、村上が怒鳴り出した。

「もう少し話を聞きたいだと？　俺の都合も聞かないでふざけんなよ！　俺たち田舎の刑事ごときの時間は、すべてテメエらお偉いさんが自由に使えると思ってる。そうなんだろ？　エリートの国家公務員さんよお！」

異様な熱気を帯びたこの男の身体から、怒りとは別の、何かが見えたような気がした。

南川さんが言う。

「ちょっと、津田口検事はそんなつもりで言ったわけじゃありませんよ」

もう少しこの男と話してみたい。その気持ちを押し殺して僕は言った。

「突然すみませんでした。改めてご連絡させていただきます」

頭を下げた僕に、再び意地の悪い視線を向けながら村上が言った。

「いちいち僻（ひが）みっぽくて申し訳ありませんね。なにせ俺の中身は嫉妬と妬みでできてるもんで」

今の言葉、どこかで聞いたような……。

僕がそんな事を考えていると、村上がさっさと扉に向かい歩き出す。

一瞬その足が止まり、我々を振り返って言った。

「二、三日は東京にいるから、聞きたい事がまとまったらここに連絡を」

自分の泊まっている旅館のマッチを机に置き、ニヤリと笑って部屋を出ていった。

「東京に二、三日いるなら先にそう言えばいいじゃない。本当に嫌味な男」

扉の向こうにいる村上に届けとばかりに、南川さんが大声で言った。

津軽署の村上刑事。あの異様なエネルギーと圧倒的な孤独感はなんなんだろう。

僕がそんな事を考えていると、南川さんが僕に言った。

「そろそろ取調べの時間ですよ」

いつものように靴音が二つ。

池松律子と、律子を連れた警察官の靴音だ。

「先日、あなたの叔父にあたる、行島道夫さんにお会いしてきました」

「何か言ってた？」

律子が興味なさそうにそう聞いた。

「娼婦のような女だと、あなたの事をそう言ってました」

僕がそう答えると、律子が喉を鳴らしてククっと笑った。

「そこで一つ質問があります。あなたは十四歳の夏に、堕胎手術を受けていますよね？」

そう尋ねると、律子は笑うのをやめて、絡みつくような視線を僕に向けた。

南川さんが言う。

「池松さん、言いにくいかもしれないけれど、もしかしたらその相手は、あなたの叔父の行島さん……」

「儀式」

律子が小さな声で、けれどハッキリとそう言った。

「あの、それはどういう……」

「あれは私がおじさんと一緒に暮らすための儀式だったの」

「儀式、とは、どういう意味ですか？」

僕が尋ねる。

「おじさん私を引き取ったあと、急に私のために、見合いして結婚しようとしたから」

僕は黙って、律子の次の言葉を待った。

「ねえおばさん。タバコちょうだい」

律子が南川さんにねだる。

南川さんがムっとした顔をしながら、自分のタバコを律子に差し出した。

律子はタバコに火をつけ、紫色の煙を吐きながら話を続けた。

「本当に男って馬鹿。おじさんにお嫁さんが来て子供でもできたら、私の居場所がなくなっちゃうじゃない。だから、私から迫ってやったの」

叔父の行島道夫が言っていた通りの、娼婦のような目をしながら律子がそう言った。

「もう一度聞きます。儀式。それはどういう意味ですか？」

「私が生きていくための方法」

律子が遠い目をしてそう答えた。


その日の夕方。

僕が池松律子の資料を読んでいると南川さんがやってきた。

「南川さん、ちょうどいいところへ来てくれました。池松律子という女、知れば知るほど恐ろしくなります」

南川さんが、ジッと僕を見ている。

「火事で両親を亡くしてすぐに、叔父の行島道夫を誘惑して生き延びようとする。たかだか中学生の少女がですよ。末期ガンの君塚公平に暴力振るっていたのだって、自分の鬱憤を晴らすためだったんですよ、きっと」

僕がそう言うと、南川さんが少し怖い顔で言った。

「口を挟むつもりはありませんけど、今の検事は私的感情が入りすぎていませんか？」

南川さんは何を言ってるんだろう。

「この事件を担当してからの検事は、少しおかしいです」

「どういう意味ですか？」

「検事のご家庭の事情は、私も少しだけ分かってるつもりです。でも、今回の事件とは関係ない」

「すみません。何が仰りたいのか……」

「検事はご自分のお姉さまと、池松律子の事件を無意識のうちに重ね合わせているんじゃありませんか？」

そんな風に僕の事を見ていたのか。

ムッとする心を抑えて南川さんに言った。

「南川さん、僕、この仕事について十年になります。いちいち私情を挟んでいたら検事なんて続けられないと思いますが」

ジッと僕を見つめていた視線をフトそらして、南川さんが言った。

「……そう。だったらいいんだけど……。あ、そうだ。これを見せようと思って持ってきたの忘れてた」

「なんですか？」

「池松律子の父親の『池松喜平一座』が新聞に載った時のものです。この写真を見てください。一座のメンバーとその子供たちが写っています」

そう言いながら南川さんが古い新聞を広げた。

丸で囲まれている記事を見ると、一枚の写真があった。

そこには唄い手の池松喜平、津軽三味線の君塚隼吾、その前にそれぞれの子供である池松律子、君塚公平が写っていた。

「これが池松律子と君塚公平の子供時代ですね」

「そうです」

もう一度写真を見直すと、池松律子と君塚公平の他に、もう一組の親子が写っていた。

南川さんに尋ねる。

「この左端に写っている親子は？」

「この一座で手踊りという踊りを踊っていた村上松夫さんと、前に座っているのは、おそらくその息子さんですね」

記事を見直すと、写真の下にそれぞれの名前が書いてあった。

村上松夫、姫昌親子と。

村上姫昌。どこかで見た名前だ。

僕は思わず南川さんに言った。

「南川さん、この名前……」

「あ！　この間の感じの悪い津軽署の刑事！」

僕は慌てて村上刑事の名刺と、旅館のマッチを探した。

上野にある、古い旅館街を歩いていた。

やっと見つけた目当ての旅館は、ひどく古びていて、人の気配があまり感じられない。

玄関に入り、電話番のおじさんに村上の部屋を尋ねると、一番奥の部屋だと教えてくれた。

部屋の前にたどり着き、粗末な薄い木のドアを叩きながら言った。

「ごめんください。東京地検の津田口です」

中からの返事はない。

思い切ってドアを開くと、昨日会った、圧倒的な孤独感を身に纏った男が、座布団に座りタバコを吸っていた。

「よお。案外早く来たな」

「どうしてもお尋ねしたいことがあって伺いました」

「座れよ」

そう促されて僕は座布団に座り、カバンの中から南川さんが探し出してくれた古い新聞を広げた。

「この写真の一番左端の少年、これは、あなたですね」

村上が黙って頷く。

「村上姫昌（ひめまさ）さん。あなたは池松律子、君塚公平の幼馴染だったんですね」

村上が再び頷く。

「そして二十三年前の、池松律子の父親が自分で火をつけて自殺を図り、母親も亡くなった津軽での火事。あなたはその火事の第一発見者でもあった。そうですね」

何を考えているか分からない顔で、ジッと僕の目を見ている村上。

僕はもう一つの質問を投げかけた。

「なぜ地検にいらした時、言ってくださらなかったんですか？」

村上がニヤリと笑いこう言った。

「聞かれなかったから」

村上の口から吐き出されたタバコの煙だけが、忙しそうに部屋を漂っていた。

嘘つきな女1　村上姫昌

三人しか知らない秘密の隠れ家。

神社の裏にある空き家にとにかく早く行きたくて、俺はランドセルも下ろさずに家から全力で走っていた。

母ちゃんが宿題やってから遊べって怒鳴ったけどそんなの関係あるもんか。

勉強なんかより男同士の付き合いの方が大事なんだって、父ちゃんがいつも言ってるんだから。

隠れ家に着くと、公平が一人で寝ころんで漫画を読んでいた。

「律子は？」

俺がそう聞くと、公平が漫画から目を離さず答える。

「今日はまだ来てない」

よし！　いくら律子でも今日だけはここにいちゃまずい。

夢中になって漫画を読んでる公平に、俺はもったいぶった口調で声をかけた。

「俺なあ……、実はさあ……」

「話しかけんなよ。俺、漫画読んでんだろ」

この野郎。そんなに落ち着いていられるのは今のうちだぞ。

俺は公平に言ってやった。

「俺を邪険に扱うと、後で後悔するぞ」

「うるせえなあ。この漫画明日までに返さなくちゃいけないんだよ」

「俺なあ、とうとうエロ本手に入れたぞ」

公平がガバッと起き上がり、俺を見て嬉しそうに言った。

「よくやったヒメ！　早く見せろ！」

公平が興奮した口調で言った。

俺は勿体を付けて、ランドセルからお目当ての本をゆっくりと出す。

「律子が来ないうちに早く読もうぜ」

俺がそう言うと、公平が俺の手から本を奪ってぱらぱらと中身をめくりながら言った。

「これ、普通の小説みたいだけど……」

「その通り。それは大人の小説で、題名が『星降る町』っていうんだ」

それを聞くやいなや、公平はがっかりした様子で俺に本を返しながら言った。

「だったらエロ本じゃないだろ。なんだよ、嬉しがらせやがって」

やっぱりな。せっかちな公平のことだから、俺の話を最後まで聞かずにこんな風に言うと思ってたんだ。お前の事ならなんだって分かってるんだから。

俺は、偉い大人みたいな口調で言ってやった。

「お前みたいなせっかちなヤツは大概そうやって損をするんだよ。いいか、これはな、大人の小説だけどすんごくエッチなんだぞ」

公平は俺の話なんか聞かずに、寝ころんでまた漫画を読みだしている。

俺はニヤニヤ笑いながら公平の背中に話しかける。

「よく聞けよ。この小説の主人公の女の子はまだ十二歳。だけどその女の子が、儀式だって言ってさ、すんげえエッチな事すんだよ」

「どこだよ、どこ」

公平が再びガバッと起きて、俺が手にしている本を奪い取ろうとする。

そうはいくか。俺が父ちゃんから殴られるのを覚悟してくすねてきた大切なエロ本なんだから。

「そうガツガツするなって。今、俺が読んで聞かせてやるから」

「じゃ、早く読めよ」

公平が真っ赤な顔でゴクリと唾を飲む。

もう少しでコイツの坊主頭から湯気が出てくるんじゃないかと、俺はちょっと心配になった。

「ホラ、早く読めって」

急かす公平に煽（あお）られて俺は慌てて本を開いた。

俺も唾を飲みこんでから、ゆっくりと読み始めた。

「『これは儀式なの。私が大人になるための』そう言いながら美咲は自分の着ていた洋服を脱ぎだした。二人はそっと抱き合い、やがて自然に唇が重なり合った。その時、美咲は自分の体の中にある、確かな変化を感じていた」

「なんだよそれ。どういう意味だよ」

単細胞の公平は、情緒ってもんを知らないからすぐに急かす。

「そんなに焦るなって。いいか、この小説はな、主人公の女の子が子供の頃から苦労して、それを乗り越えるために幼馴染の従兄妹の男とやっちゃう話なんだ。待ってろよ、ここからが本当にエロいんだから」

「もうお前の能書きはいらないよ。いいから貸せ」

公平はそう言って、俺の手から本を奪った。

公平が必死になってエロい所を探している。

「あ、女の裸の絵だ！」

公平が唾を飛ばして叫ぶ。

「静かにしろって。律子が来たら面倒くさいだろ」

「そうか」

「なあ、この女の裸の絵。顔をよく見てみろよ。ちょっと律子に似てないか？　俺、そう思ったらなんだかドキドキしちゃって」

俺がそう言うと、公平がいきなり本をバタンと閉じた。

「お前一人で読んでろ。エロお姫様」

「え？　なんでだよ。一緒に読もうぜ」

俺の言葉を最後まで聞かずに、公平は隠れ家から出ていった。

なんだあいつ。なんで急に機嫌が悪くなったんだ？

俺は仕方なく公平を追いかけた。

外に出た途端に、律子が立っていることに気が付いた。

俺は慌てて律子に聞いた。

「お前今の話、聞こえてたか？」

律子が俺の目をジッと見つめながら首を横に振る。

良かった。あんな話聞かれたらえらい事だ。

俺はホッとして律子に話しかけようとしたけど、なんだか言葉が出てこない。

なんでだろう。いつもなら二人でいたって何ともないのに、なんだか今日はお尻がもぞもぞする。

そう思った瞬間、俺は隠れ家から走り去っていた。


夢を見ていた。

俺らがまだくそガキで、だけど一番楽しかった頃の夢を。

俺はのっそりと起き上がり、タバコに火をつけた。

どうして今頃あんな夢を見たんだろう。

そう考えていると、旅館のドアをノックする音が聞こえた。

今日は何をするのも面倒くさい。

俺はノックの音を無視した。

「ごめんください。東京地検の津田口です」

その声のすぐ後、部屋のドアが開く。

立っていたのは昨日会った、東京地検の津田口とかいう検事だった。

こいつ、案外早くに訪ねてきたな。

新聞記事の中にある、俺たちの子供の頃の写真を眺めながら俺は言った。

「こんな古い新聞、どこで見つけてきたんだよ」

「昨日僕と一緒にいた、検察事務官の南川さんが探してくれました」

「あの気の強いババアな。全くババアっていうのはホントに暇だなあ」

「村上さん、口が悪いですよ」

穏やかに津田口が言った。

どっからどう見ても嫌味な男だ。

この優男（やさおとこ）、育ちの良さを滲みだしやがって。

俺はこういう男が一番嫌いだ。

「ここに写っている子供は村上さん、あなたですね？　下のお名前は何とお読みするんですか？」

「ヒメマサって読むんだ。変な名前だろ？　坊さんに付けてもらったんだとよ。親父はありがたがってたけど、この変な名前のおかげでガキの頃の俺のあだ名はお姫様。全くやってられねえよ」

「今日伺ったのは先日お話しした、津軽時代の池松律子について教えていただきたくて」

何をどう説明したって、エリートのコイツに俺たちの事が分かるはずがない。

「お前、河原乞食って言葉知ってるか？」

俺がそう聞くと、津田口が滑らかに答えた。

「昔、芸能をやってる人たちを卑しめてそう呼んでいたと、何かの本で読んだことがあります」

「俺と律子と公平は、その卑しい河原乞食の子供なんだよ。そんな人間の気持ち、お前に話したって分からないだろ」

「確かに僕には、頭でしか理解できないかもしれません。ですが、今回の事件を担当する人間として、あなたのお話を伺わないわけにはいかないんです」

「それは、お偉い検事様からの命令か？」

俺が嫌味っぽくそう尋ねると、顔色一つ変えずに津田口が答える。

「そう取っていただいて構いません」

長い沈黙がこの部屋に流れた。

この男なら、律子を起訴してくれるかもしれない。

そう思った俺は津田口が持ってきた古い新聞を手に取り、俺たちの昔の写真を眺めながら話し始めた。

「俺たちの父親は、一緒に『池松喜平一座』という民謡の一座を組んでいた」

「村上さんのお父様はその一座の中で、手踊りを担当されていましたよね」

「ああ。津軽民謡に乗せて踊る踊り手だよ。あの頃はどこの一座にも必ず一人は手踊りがいたんだ」

俺は思い出していた。

律子の親父の、切なく力強い唄声を。

公平の親父の、悲しくも激しい三味線の音色を。

そして俺の親父の、美しい手踊りを。

どこで間違えたんだろう。

いつからやり直せば俺たち三人は、普通の生活を送る事ができたんだろう。

俺はまだ許せていない。律子の父親の池松喜平を。

もうとっくの昔に死んだというのに……。

「今と違って、昔はとにかく唄い手が一番偉い奴。津軽三味線はただの伴奏。踊り手も唄を盛り上げるだけのピエロみたいなもんだった」

「でも、ずっと苦楽を共にした仲間だったんですよね？」

津田口が不思議そうに尋ねる。

「エリートっていうのは本当に甘ちゃんだな。津軽の芸人に仲間意識なんてあるわけないだろ。俺の父親も公平の父親も、唄い手の律子の父親に仕える、ただの下僕みたいな存在だったんだよ」

「でも……」

「お前ら全員で俺の唄を潰す気か！　謝れよ、地べた這いつくばって今すぐ謝れ」

突然大声を出した俺を驚いて見ている津田口に、俺は言った。

「これな、律子の親父の喜平の口癖。こんな事毎日のように言う奴の事を、苦楽を共にしてきた仲間だなんて思えるか？」

津田口が無表情に口を閉じ、やがてこう言った。

「池松律子とは、いつ頃知り合われたんですか？」

「律子が生まれた時から、ずっと一緒だった」

「幼馴染の村上さんから見て、今回の事件をどう思われますか？」

どう思われますか？……どう、思われますか？

そんな事すぐに答えられるようなら、俺たちはここまで苦しんでこなかった。

腹の立つのが抑えられず、旅館のちゃぶ台を足で蹴って怒鳴った。

「何でもかんでも人に聞いて楽しようとするんじゃねえよ」

津田口が戸惑った口調で言う。

「いえ、僕はけっして、そんな……」

その口調とは裏腹に、こいつの表情はピクリとも動かない。

「恵まれた環境で育ったお坊ちゃんには分からねえよ。俺たちの身体は全部、嫉妬と妬みでできてんだよ。それが河原乞食に流れてる血だよ」


津田口が去った後、俺は一人でいるのが嫌になり上野の安酒場に向かった。

酒なんか飲んだってむなしさが消えることはない事くらい分かっていたが、それでも一瞬でも楽になりたくて、俺はグイグイ焼酎を呷(あお)った。

酔った頭で、さっき夢で見たあの頃の俺たちの事を思い出していた。

あれは確か俺と公平が小学二年生。律子が一年生の時だった。

学校へ向かう途中の神社の前を俺と公平が通りかかると、近所でも評判の悪ガキたちが数人で、律子に向かって口々に囃(はや)し立てていた。

「インバイ！　インバイ！」

「お前、自分の父ちゃんにいっつも言われてるだろ。淫売だって」

「お前の母ちゃんも淫売なんだろ。だからお前も淫売なんだよな」

俺が気づくより先に、公平が悪ガキたちに向かって走り出していた。

ジッと俯いていた律子の手を引き、こう言った。

「律子は淫売なんかじゃない！」

俺はその辺にあった棒を手に持ち、夢中になって振り回して言った。

「お前ら全員ぶっ殺す」

それから俺と公平は悪ガキどもと大乱闘を繰り広げた。

一人、二人、三人やっつけて、残るは後二人。そう油断した途端、俺は自分の持っていた棒を敵の一人に取られて額を殴られた。

額がぱっくり割れて、大量の血が流れた。

悪ガキたちは、その血を見て怖くなったのかすぐに退散した。

泣きそうな顔で律子が俺に近づいてきて言った。

「病院へ行こう」

「大丈夫。こんなの唾つけとけば治るから。それより学校、遅刻するぞ」

「でも……」

律子が俺の額の傷を見ようと腕を上げた。

その腕にはいくつもの痣があった。公平がその痣に気づき言った。

「お前その痣どうしたんだ。今のやつらにやられたのか？」

いやいやするように律子が首を振る。

「だったらまたゆうべ、殴られたのか……」

律子がコクンと頷いた。

「よし！　今日は学校サボって、三人で隠れ家に行こう」

俺がそう言うと、律子が少し笑って頷いた。

俺たち三人は誰にも見つからないように、大急ぎで走って隠れ家を目指した。

「おい親父。おかわり」

俺がそう言うと、店の親父が一升瓶を抱えてやってきて、俺のグラスになみなみと焼酎を注いだ。

有線から津軽じょんがら節が流れていた。

あの頃、津軽の田舎じゃ娯楽なんてろくになかったから、みんな『池松喜平一座』に夢中だった。

そしてその名前が有名になればなるほど、律子の親父は荒れていった。

あれは確か、夏祭りの時だった。

普段よりもいい出来でみんなが楽屋でホッとしているところに、ステージから喜平が戻ってきて、いきなり公平の親父の隼吾を殴りつけた。

まだ子供だった公平が、喜平にむしゃぶりついて言った。

「父ちゃんになにするんだ！　やめろ！」

喜平は構わず公平を蹴り飛ばした。俺の親父の松夫がたまらず止めに入って言った。

「子供に手を出すなよ。もうやめろって」

すると喜平が、今度は俺の親父に牙をむいた。

「やめろってなんだよ。看板様に向かって、手踊りごときがやめろってどういう事だ！」

俺の親父も負けじと言い返す。

「口より先に手が出るのは、あんたの悪い癖だ」

「口で言ったって分かんねえから手が出るんだろうがよ。なあ、そうだよな、三味線さん！」

喜平がまたもや隼吾の方に向き直る。

それを必死で止めようと、喜平の足にしがみつく公平。

「公平やめろ。松ちゃんもいいんだよ、俺が悪いんだから」

隼吾がそう言うと、喜平が隼吾の襟首を摑んで言った。

「そうだよなあ。お前のクソ三味線のせいで俺の唄が台無しになったんだから。殴られたってしょうがねえよなあ」

「すまない」

「これだから若い頃チヤホヤされた男はダメだって言ってるんだよ」

そう言いながら、喜平は隼吾の頭を地面にこすりつけた。

「お父さん、もうやめて」

律子が泣きながら言う。

だが喜平はそう言った律子の言葉に煽られるように、再び隼吾の髪の毛を摑んで言った。

「なあ、頼みますよ三味線さん。あんたが天才三味線弾きって呼ばれたのはもう昔の話。今は俺の唄のおかげでおまんま食ってんだからさあ」

「……その、通りだ」

「分かってんならちゃんと唄付けしてくださいよ。足を引っ張らないでくださいよ。お願いしますよ、三味線さん」

そう言い捨てて、不機嫌そうに喜平が楽屋を出ていった。

泣きじゃくっている律子を見て。

「律子、隠れ家に行こう。ヒメ、お前も来い」

公平が律子を連れて楽屋を出ていった。

俺も後を追おうとしたが、その時は、なぜだか二人の間に入れなかった。

今思えばあの頃から俺は、二人の関係に嫉妬していたのかもしれない。

俺の親父の松夫が、公平の親父の隼吾を抱き起こして言った。

「なあ、どうして喜平さんの言う事なんでもかんでも聞くんだよ。俺はしょうがないよ。今時、手踊りなんてどこも雇ってくれないんだから」

隼吾は何も言わずに黙っている。

「だけどあんたは違う。あんたほどの三味線の腕があったらどこでだって食っていける」

隼吾が重い口を開く。

「それは松ちゃんの買い被りだよ」

俺の親父が、倒れた椅子を片付けながら話を続ける。

「もう今の喜平さんは頭の狂った暴君だよ。女房が誰かと浮気してできたのが律っちゃんだなんて村の噂信じて、どんどん荒れていって」

隼吾が言う。

「そんなしょうもない噂、喜平が信じてるわけないだろ」

「じゃあどうしてあんなに毎日荒れ狂ってんだよ。あんたに対する態度だっておかしいだろ？　あれはもういじめだよ。なあ、あんたたち何かあったのか？　昔はあんなに仲良かったじゃないか」

親父の問いには答えずに、隼吾は言った。

「喜平の言ってる事は正しいよ。現に今の俺はあいつの唄がなかったら、食ってはいけない」

親父は隼吾の目をまっすぐ見つめてこう言った。

「あんたは間違いなく津軽一の三味線弾きだよ。もうこの一座辞めろ。あんたと喜平さんは一緒にいるべきじゃない。このまま一緒にいたら、あんた喜平さんに殺されるよ」

上野の安酒場でしこたま飲んだ俺は、千鳥足で旅館にたどり着いた。

玄関を開けると旅館の親父が俺に言った。

「昼間あんたを訪ねてきた人がまた来てね、あんたの部屋で待たせてあるから」

廊下を歩き俺の部屋の粗末なドアを開けると、津田口が座っていた。

「何度もすみません。どうしてももう少しお話を伺いたくて」

「俺、もう酔ってるぞ」

「すぐに失礼します。池松律子が中学一年生の時叔父の行島氏に引き取られて、村上さんと池松律子は離れ離れになったんですよね」

俺は黙って頷いた。

「調書を読むと村上さんと池松律子は一度同棲していますよね？　どこで再会したんですか？」

「俺は高校出てすぐに津軽で警官になった。それで非番のたびに東京に出てきては律子を探してたんだ。どうしても、もう一度あいつに会いたくて」

面倒くさいと思いながらも、酔いが回って俺の口は滑らかになる。

「やっとあいつの居場所を突き止めたのは、あいつが二十をいくつか過ぎた頃だった」

「池松律子は、どこにいたんですか？」

「トルコ風呂。あいつ、最初の結婚に失敗して無一文で追い出されて、仕方なくトルコ嬢やってたんだよ」

「そう、でしたか」

「そんなことまで調書には載ってねえもんなあ」

俺がそう笑うと、津田口が生真面目な顔で頷いた。

「それですぐに律子に店を辞めさせて、俺たちは一緒に住むようになった」

「遅かったね、お腹空いてるでしょ？　今カレー温めるね」

二人で借りた東京のアパートの玄関を開けると、エプロン姿の律子が台所に立っていた。俺は居間に座って背広の胸ポケットから出した茶封筒を、大切に机の上に置いた。

ふと簞笥（たんす）の方に目をやると、一竿の三味線が目に入った。

「三味線、買ったのか？」

律子が台所でカレーを温めながら答える。

「今日ラジオで津軽三味線が流れてきて、そしたらなんだか懐かしくなって買っちゃった。中古だから安かったんだよ。音は悪いんだけどね」

俺の心臓がチクリと痛んだ。

お前はまだ忘れられないのか。お前はまだ、あいつの事を……。

そんな俺の気持ちにお構いなしに、律子が話を続ける。

「ねえ、隣の家で子猫が生まれてね、今日見にいってきたの。白と黒のハチ割れ模様の男の子で、すごく可愛いの」

俺は黙って、律子が買ってきた三味線を眺めていた。

「飼おうと思うんだけど、どうかな？　ヒメが津軽で仕事してる間、ずっと一人で家にいるの寂しいし」

俺は律子に背を向けながら言った。

「まだ、公平の事が忘れられないのか……」

律子の驚いている様子が、背中越しに伝わった。

「お前とこうなってからずっと思ってた。お前は俺の事を見ていない。今もお前は、公平しか見ていないんだ」

律子が慌てて台所から出てきて、俺の前に座る。

「急にどうしたの？　公平とは中学の時に津軽で別れてから、一度も会ってないんだよ」

「じゃあなんで、今頃三味線なんて買ったんだよ」

「だから、ラジオ聞いて懐かしくなって」

「俺には分かるんだよ。お前は今も公平を忘れていない」

「勝手に私の気持ちを決めないでよ。そんな事考えてあんたとこんな風になるわけないじゃない」

「公平に会って自分の本当の気持ちに気づくのが怖いんだろ。だからお前は言い寄ってくる男全部にケツ振って、さすがトルコ嬢だよなあ」

「いい加減にして！」

「お前まだ前の亭主とも切れてないだろ。今いったい何人男がいるんだよ」

「あの人は、ただ勝手に私に会いにきてるだけ」

「お前に他の男の匂いがすればするほど俺は意地になって……。バカみたいにこんなもん貰ってきて」

俺はさっき机に出した茶封筒を開け、その中に入っていた用紙を律子の前に投げつけた。律子がそっと、その用紙を開く。

驚いた顔で俺に聞く。

「これ、あんたが貰って来たの？」

「こんなもの、もういらねえよ」

俺はそう言いながら律子の手から婚姻届を奪い破こうとする。その手を律子が必死に止めて言った。

「一緒になろう。それで子供たくさん作って……」

「ウソつくなよ。お前は公平が……」

「違う！　どうして分かってくれないの？」

律子が、泣いていた。

俺は律子から視線を外して言った。

「公平が小説家になったの知ってたか？」

律子は何も言わない。

「あいつの小説が賞取ったんだ。弱冠二十三で凄い作家が現れたって世間じゃ大騒ぎだよ。来月銀座のでかい本屋でサイン会するんだって」

「良かったじゃない。……本当に良かった」

律子は流した涙を拭おうともせずにそう言いながら、くちゃくちゃになった婚姻届を丁寧に伸ばしていた。

紙のこすれる音だけが、聞こえてくる。

長い沈黙の後、律子が言った。

「でも、私たちにはもう関係のない人。違う？」

本当にこの言葉を信じてもいいんだろうか？

公平と律子の間に、俺が入っていいんだろうか。

律子が俺の額の古傷を優しくなでて言った。

「私たち二人で、ちゃんと幸せになろう」

その言葉を聞いた途端、俺はもう何も考えられずにただただ律子を強く抱きしめた。

「それなのに、なぜ二人は別れてしまったんですか？」

津田口が俺にそう尋ねた。

「あの時の律子の言葉が本心じゃないって事は分かってた。だって律子と公平は生まれた時からお互いの事が好きだったんだから。そして俺は、それを一番近くで見てきたんだから」

津田口が何とも言えない顔で黙っている。

「さあ、そろそろ帰ってくれないか？　もうこれで十分だろ」

俺がそう言うと、津田口が頭を下げながら言った。

「遅くまですいませんでした。最後に一つだけ、聞かせてください」

「…………」

「池松律子は村上さんから見て、どういう女でしたか？」

「そんな事、なんでお前に言わなくちゃいけないんだ」

俺の気持ちは、誰にも分かるはずがない。

嘘つきな女２

津田口亮介

〽アー　お国自慢のじょんがら節よ
　　若い衆唄えばあるじの囃子
　　　むすめ躍れば稲穂も踊る～

　カセットテープの中から律子の唄声が聞こえてくる。

　途切れることなく、繰り返し繰り返し唄っている。

「夜中になるとこの唄を唄い出すんですって。ゆうべの担当の警察官が証拠にって録音したそうです。毎晩注意するのにやめないから、昨日はとうとう独房に入れられたって報告がありました」

　南川さんがテープを止めながら、ため息交じりに僕に伝える。

「池松律子が唄っているのは、民謡、ですか？」

　僕がそう尋ねると、南川さんが答える。

「津軽じょんがら節っていうんですって。おそらく池松律子の父親が得意としてた唄じゃないかと……」

「そうですか……」

「あと三十分で池松律子の取調べが始まりますから、よろしくお願いしますね」

そう言って、南川さんが留置場から借りてきたカセットテープを持って、部屋を出ていった。

僕はゆうべの村上刑事の話を思い出していた。

二度目に彼の旅館を訪ねた時、酒に酔って滑らかになった、彼の言葉の数々を……。

「律子はガキの頃から綺麗な女だったから田舎じゃ目立ってな。よく近所の悪ガキたちにいじめられてた。それを助けるのが俺と公平の役目。だから俺たち二人は年がら年じゅう生傷が絶えなかった」

遠い目をしながら村上がそう言った。

「律子にはよく怒られたよ。私は二人がいれば平気なんだからもう喧嘩するのはやめてって」

僕が黙って話を聞いていると、村上が座布団を枕にゴロンと寝ころびながら言った。

「そんな言葉にずっとすがって、本当にみっともねえ男だよ」

その言葉は、村上自身の事を言っているのか、それとも君塚公平の事を言っているのか、僕には分からなかった。

池松律子がいつものように、警察官に連れられて取調室に入ってきた。

「昨日、村上姫昌さんにお会いしました」

そう僕が言うと、突然彼女の目から大粒の涙がこぼれ始めた。

南川さんが慌てて声をかける。

「池松さん、大丈夫？」

「なんでだろう。ヒメの事を思い出すと涙が出てくるの」

無理に笑って、律子が言った。

「お二人は東京で再会してから、一年ほど同棲していましたよね？」

僕がそう問いかけると、律子が答えた。

「あの時の私の本当の気持ち、ヒメには最後まで分かってもらえなかった」

律子はそれからしばらくの間、窓の外をジッと眺めていた。

「池松さん、今は取調べ中なんですよ」

南川さんにそう言われてこちらに顔を向き直すと、律子の表情が変わっていた。眉間から少しだけ険が取れたような、柔らかな表情だった。

僕は律子に尋ねた。

「村上姫昌刑事とのこと、話していただけますか？」

律子はゆっくりと頷き、話し始めた。

「まだ私が幼稚園で二人が小学校一年生の時、私はどうしても二人と一緒に小学校に行きたくて、ずっと泣いて駄々をこねてたの。そしたら、ヒメが神社の裏の空き家を見つけてきて、今日からここが俺たち三人の隠れ家だって。寂しくなったら三人でここに集まろうって。あの時は、本当に嬉しかった」

この事件の取調べが行われてから、初めて律子が饒舌(じょうぜつ)に語り出した。

「私ね、いじめられっ子だったの。でも少しも怖くなかった。いつも公平とヒメが守ってくれたから」

「だけど二人がいない隙を狙っていじめられたこともあったでしょう？　うちの息子も小さい頃いじめられっ子だったたから分かるわ」

そう南川さんが話しかける。律子が嬉しそうに笑って答えた。

「どんなにいじめられたって私には二人がいるんだって思ったら全然平気だった。二人はいつだって私を助けてくれたから」

「池松さんにとって二人は騎士だったのねえ」

南川さんが律子に言う。

するとと律子が目をキラキラさせて僕に向かって言った。

「ね、検事さん。ヒメは元気そうにしてた？」

「はい。とてもお元気そうでしたよ」

「ヒメのオデコに古い傷があるの、気が付いた？」

「ちょうど、この辺ですよね」

僕はオデコの真ん中へんを指さして答えた。

「あれね、私をいじめる悪ガキと喧嘩してできた傷なの。私が病院に行こうって言ったのに、こんなの唾つけとけば治るなんて強がり言うから、結局傷痕が残っちゃって」

目の前の律子はまるで幼い子供のようだ。頬をピンクに染めて、楽しそうに笑っている。

「公平はね、昔から背が高くて、女の子にもよくモテたの。だけどヒメは背が小さくて、それに凄いがに股でしょ。だから全然モテなかったの。だけどね、本当に心の優しい男の子だった」

「あなたが東京に出てきて一度目の離婚をした後に、村上刑事と東京で再会したと聞いていますが」

律子がコクリと頷いて、頬杖をつきながら僕を見つめて言った。

「どうせもうちゃんと調べてるんでしょ？　私がトルコ嬢やってたこと」

「そのお話は昨日、村上さんから聞きました。二人はそこで再会したと」

「ヒメはあの頃、月給を全部つぎ込んで休みの度に東京に出てきて私を探し回ってたんだって。どうやって私が働いている店を見つけたんだろうね。指名が入って部屋に行ったらヒメがいて、本当に驚いちゃった」

「それから、二人のお付き合いが始まったんですよね？」

僕がそう言うと、律子が笑顔で頷く。

「一度ね、ヒメと二人でお正月に映画に行ったの。『男はつらいよ』って見たことある？」

律子が僕と南川さんを交互に見ながら聞いてきた。

「寅さんでしょ？　私大ファンですよ」

南川さんがそう答えると、律子が再び嬉しそうに頷きながら言う。

「私も！　だからどうしてもヒメと行きたくて、無理やり連れていったの。そしたらね、他のお客さんは大笑いしてるのに、ヒメだけずっとムスっとして」

こんな楽しそうな律子は見たことがない。

「私がなんで笑わないの？　って聞いたら、顔色一つ変えずに面白くないからって、そう言うの」

楽しそうな律子を見て南川さんも驚いている。

「しかもね、せっかくの非番になんで俺はこんな映画見なきゃいけないんだって怒ってるの」

もしかして律子は、今でも村上刑事の事を忘れられないんだろうか。

「そしたらね、寅さんがすっごくヘンテコな顔したのよ。もちろん私も周りのお客さんも大笑い。で、その時ヒメの顔をそっと見たら、ちょっと口をゆがめたのよ。私思わずヒメに言ったの。何よ嘘つき。やっぱり面白いんじゃないって。そしたらあいつなんて言ったと思う？」

「さあ、なんて言ったの？」

南川さんが律子に調子を合わせる。

「たまにはこういうのも悪くないなって。わざと仏頂面でそう言ったの」

「男の人って、そういうところあるわよね」

南川さんがそう言うと、律子が大きく頷いた。

「その顔見て、ああ、私はこの人と一生一緒にいたいってそう思ったの」

律子はそう言って、再び窓に視線を戻した。

少しの沈黙の後、窓の方を向いたまま律子が言った。

「私はあの人と、いろいろあった過去も全部ひっくるめて、一緒にやり直そうってそう思ってた」

律子の顔が元の硬い表情に戻った。

どうしても聞きたかった質問を僕は律子に投げかけた。

「どうして二人は、別れてしまったんですか？」

瞬間、律子が妖艶としか言いようのない笑顔を僕に向けて言った。

「ちょうどその頃、公平が小説出して賞を取って」

南川さんが懐かしそうに言う。

「よく覚えてる。若くして賞を取ったってあの頃マスコミで騒がれていたわよねえ」

「銀座でサイン会があるってヒメから聞いて」

「君塚氏に、会いにいったんですか？」

僕がそう尋ねると、律子が首を横に振りながら言った。

「遠くから一目見たいってそう思っただけ。幸せにやってるならそれで良かったから」

律子が話を続ける。

「銀座にある大きな書店が会場だった。たくさんのファンの人に囲まれて、公平はその真ん中でキラキラしてた。私はそれを遠くで見ながら公平の本を一冊買って、そのままヒメと住んでるアパートに帰ってきたの。帰り道に心の中で公平に言ったの。公平、私、ヒメと幸せになるよ。だから公平も自分の幸せ見つけてねって」

律子の長いまつげが太陽にあたってキラキラと光っている。

その光は涙のようにも見えた。

「だから私、その日はご馳走作ろうって張り切ったの。ヒメとの生活が新しく始まる記念日だから。家について買い忘れたものがあって、近所の商店街に買い物に行ってね、三十分くらいだったかな、家に帰ったら……」

「帰ったら、どうしたんですか？」

僕が律子に尋ねる。

「私が買い物行ってる間にヒメが家に帰ってきてたみたいで、二人で書いた婚姻届がビリビリに破かれていたの」

「どうして……」

南川さんがそう尋ねると、少し笑って律子が答えた。

「その日に買った公平の本も、一緒に切り裂かれてた」

南川さんが言う。

「村上刑事は家にあった君塚公平さんの小説を見て、あなたがサイン会に行ったと知って、二人の仲を疑ったって事？」

「それ以来会ってないから、ヒメの本当の気持ちは分からない。でも……」

僕と南川さんは、律子から次の言葉が出てくるのを待った。

「私はあの時、本当にヒメと一緒にやり直そうと思ってた。彼とならもう一度ちゃんと生き直せると思ったから」

律子の長いまつげが光っている。けれどそれは光ではなく、涙だった。

「未来に希望を持った私が悪い。……今なら分かる。私たち三人は、出会った時からすれ違う運命だったの」

南川さんが僕に向かって言った。

「津田口検事。今日はここまでにしましょう」


警察官に手錠をはめられ、池松律子が取調室から出ていく。

それに続いて、僕と南川さんも廊下に出た。

律子がフト立ち止まる。

彼女の目線の先を追っていくと、廊下の向こう側に村上姫昌がタバコをふかして立っていた。

「検事さんよぉ。ゆうべあんた、律子がどんな女だったかって聞いてきたよなあ。その質問に答えにきたよ」

僕が黙って村上を見ていると、村上が律子を睨みつけながら言った。

「律子は……、池松律子は、嘘つきな女だ」

律子が突然、狂ったように笑いだした。

彼女の笑い声が、地検中に響き渡った。

贅沢な女1　京波久雄

「会長。ありがとうございました。今後ともよろしくお願い致します」

神楽坂の老舗の料理屋の玄関口で僕がそう言うと、会長がにこやかな顔で握手を求めて言った。

「京波さん。こちらこそですよ。今や飛ぶ鳥を落とす勢いの京波製菓さんと一緒に仕事ができるなんて光栄の極みです」

そう言いながら会長はハイヤーで帰っていった。

ハイヤーを見送ったあと、自分の車に乗り込んだ。

「お疲れさまでした。今日はこの後どうされますか？」

二十年近く僕の運転手を務めてくれている小鹿（こじか）さんが声をかけてくる。

「まっすぐ家に帰るよ」

そう答えると、小鹿さんがゆっくりと車を走らせた。

しばらく黙って運転をしていた小鹿さんが僕に問いかける。

「社長。明日の社長のご予定をまだ秘書の鈴木（すずき）さんから伺っていないのですが……」

「うん。明日は仕事を入れてないんだ」

「奥様とどこかへお出かけですか？」

「いや……」

「坊ちゃまの学校の行事ですか？」

「違う。律子の弁護士と打ち合わせをして、その後、今回の事件の担当検事に会ってこようと思ってる」

「そう、ですか」

小鹿さんは僕が律子と結婚した年に、僕の運転手として京波製菓に入ってきた。うちの両親が亡くなった今、律子と僕の結婚生活を間近で見てきた唯一の人間だ。

「小鹿さんが聞きたいと思っている事、教えようか」

運転席に緊張が走る。

「僕この間、警察に事情聴取に行ってきたでしょ」

「はい」

「ちゃんと全部話してきたよ。僕の趣味の話も」

「趣味の、話ですか？」

小鹿さんが不思議そうに尋ねる。

「そう。僕がずっと律子を遠くから見ていた事」

小鹿さんが再び押し黙る。

「警察に聞いたらね、それは犯罪じゃないって。律子に危害を加えてないし、律子自身もそれを嫌がってなかったから大丈夫だって」

「それは、もちろんそうですよ。社長はただ、前の奥様の事を心配されて見守っていただけなんですから」

そう言って小鹿さんが強く頷いた。

「僕がどうして明日検事に会いにいくか、聞かないんだね」

小鹿さんからは何も返事が返ってこない。

「そうだよね。小鹿さんは僕の運転手になってから一度だって余計な事は言わなかった。そういう人だもんね」

対向車のライトが小鹿さんを照らす。

「僕と小鹿さんはずっと律子を見てきた。遠くで。それから近くで。だから律子の事件を起訴する検事にちゃんと伝えたいんだよ。律子がどういう女だったのか」

「社長。一介の運転手が出過ぎたことを申し上げてもよろしいでしょうか?」

「なに?」

「私は今の社長の奥様に感謝しております。あんなに社員想いの優しい方はいません」

「そうだね。うちの奥さんいい人だもんね」

「ただ、やはり私は、前の奥様の事が忘れられません。あんなに気高く強いお心で生きていらっしゃる女性を、私は他に知りません」

律子に出会った人間はきっとみんな、今の小鹿さんと同じことを思うんだろう。

「あの事件の日の律子様の様子。今でもこの目に焼き付いています。切なくとても悲しいお顔をなさっておられました。でも、それでも強く気高いお気持ちは少しも変わっていなかった。あんな方が人を殺すなんて、ましてや保険金目当ての殺人なんて、絶対に何かの間違いです」

そう、あの日の律子はとても美しかった。

小鹿さんが再び強い口調で言った。

「社長。どうか律子様が少しでも生きやすくなるように、お力を貸して差し上げてください」

「京波製菓さんと言えば、今や日本中で知らない人間はいない。テレビのコマーシャルだって見ない日はないですよ」

東京地検立川支部の会議室で、木田支部長がにこやかに僕に話しかける。

「いや、元は下町の小さな和菓子屋ですから」

僕がそう答えると、木田支部長が大仰（おおぎょう）に首を横に振り言った。

「どんどん会社が大きくなって、順調そのものじゃないですか」

「そんな事ありませんよ。一度は潰れかけた会社ですから」

「でもあなたがお父上から会社を引き継がれてからは、本当に飛ぶ鳥を落とす勢いで」

「たまたまです。僕は恵まれていただけですよ」

僕がそう答えると、会議室のドアが開いた。

部屋に入ってきたのは、三十過ぎの頭の切れそうな感じのいい男性と、気の強そうな中年の女性の二人だった。

木田支部長が二人を僕に紹介する。

「彼が池松律子の担当検事の津田口です。それから検察事務官の南川。そしてこちらは京波製菓の社長で京波久雄さん」

二人が僕に会釈をする。

「初めまして」

僕がそう挨拶しながら名刺を出すと、南川さんが僕の顔と名刺を交互に見ながら言った。

「あの、ひょっとして……」

「そう。池松律子の最初の結婚相手がこちらの京波さんです」

そう木田支部長が言った。

「かつての妻が、お世話になっています」

僕がにこやかに頭を下げると、南川さんが言った。

「池松律子に弁護人を付けられた方、ですよね？」

「ええ。曲がりなりにもかつて夫婦をやっていましたので、それくらいはしてやりたくて」

僕がそう答えると、木田支部長が二人に説明する。

「今日はわざわざ、京波さんの方からこちらに出向いてくださったんですよ」

二人は何も聞かされていなかったのか、不思議そうに僕の顔を見つめている。

「なんせ僕は今回の事件の第一発見者ですからね。何か役に立つことがあるんじゃないかと思いまして」

そう言いながら、僕は事件のあった夜の事を思い出していた。

あの日も仕事を終わらせてから、いつものように運転手の小鹿さんに命じて律子のアパートの前で車を止めていた。

毎回訪ねる時間は違えど、きっちり一時間。

律子のアパートの前に車を止めて部屋の様子を車の中からうかがう。

彼女との直接の接触は一切なし。

それが僕の、日課だった。

その日も車の中でタバコをふかし、明日の仕事の段取りを考えながら律子の部屋の灯りを眺めていた。

一日の中で、僕が一番癒される時間だった。

「社長、そろそろお時間です」

小鹿さんがそう言った。

「そうだね。じゃあ帰ろうか」

帰る前にもう一度律子の部屋を見上げると、窓から妙な煙が出てきた。

「火事だ！」

僕は車の中で、とっさにそう叫んだ。

「警察での僕の取調べは済んでますので、当然調書は読んでらっしゃると思いますが」

そう言うと、津田口検事が僕に尋ねた。

「はい。でもずっと不思議でした。どうしてあの事件の日に京波さんはあの現場にいたんだろうと」

「津田口さん、今日は少しお話しできる時間があるとお聞きしていますが」

そう尋ねると津田口検事がチラリと木田支部長を横目で見た。訳知り顔で黙って頷く木田支部長。

今日のこの時間を取ってもらうために、僕は前もって上層部に根回しをしてあった。

「木田支部長も了承してくださっているようですし、少し落ち着いて話をしませんか？」

僕が再びそう言うと、津田口検事が黙って頷き僕の前に腰をかけた。

「律子は十二歳の時に両親を火事で亡くして、それから故郷の津軽を離れ、中学を卒業するまでの三年間、母方の叔父である行島氏に引き取られ共に暮らす」

僕がそう話し出すと、津田口検事が頷きながら僕に尋ねた。

「仰る通りです。そして、池松律子は中学を卒業すると同時に、京波製菓の工場で働きだしたんですよね？」

「僕が律子の存在を知ったのは、彼女がうちで働きだしてから三年経った、昭和四十三年の春でした」

頷きながら話を聞いている津田口検事。

「当時の日本は景気が上がり調子でね、僕もまだ二十二歳でしたから、世間の若者と同じように浮かれて暮らしていました。そんな時、律子と出会ったんです」

「若社長。あそこにいる三人連れの女の子。うちの工場で働いている子たちじゃないですか？」

うちの会社で働いている同世代の男の社員が、店の隅でキョロキョロしている女の子たちを見ながらそう言った。

今日は男ばかりで遊びにきていたから、僕はためらわずその女の子たちに声をかけた。

「君たち、一緒に踊らない？」

「あ、若社長」

三人の女の子のうちの一人が僕に気が付いた。

「今日は僕がご馳走するから」

そう言うと、女の子が黄色い声を上げて言った。

「嬉しい！　ありがとうございます」

はしゃいでいる二人の女の子を尻目に、一緒に来ているもう一人の地味な女の子に目が行った。

その女の子は、あずき色のとっくりのセーターと紺色のスラックス。

この店には似つかわしくない地味な格好をしていた。

他の女の子はお金がないなりに工夫をして着飾っているのに。

そして僕の存在に気づいてもはしゃぐ様子もなく、ただ興味深げに店内を見まわしていた。

僕と一緒に来ていたうちの男性社員も、その女の子の存在に気づいたらしくニヤつきながらこう声をかけた。

「ねえ君。もう少しまともな服はなかったの？」

すると、その地味な格好をした女の子が臆することなく言った。

「無理して着飾るより、自分の身の丈にあった格好を選んだだけです」

声をかけた男性社員がその強い目に圧倒されていると、その女の子が僕に向かってこう言った。

「踊り方、教えてくださいますか？」

その時の笑顔がたまらなく可愛らしかった。

それが、律子だった。

津田口検事が几帳面にメモを取りながら僕の話を聞いている。

「その時の出会いから半年後、律子が十八の時に僕たちは結婚しました。うちの両親には大反対されましたけど」

「それはそうですよね。京波製菓の御曹司と、工場で働いている十八歳の女の子の結婚。京波さんのご両親としては、なかなか賛成しづらかった事でしょう」

南川さんがそう相槌を打つ。

「でも、若かった僕は強引に押し切りました」

「下世話な質問ですけど、結婚されてから嫁と姑の関係はうまくいってたんですか？」

南川さんがそう尋ねてきた。

「皆さんそう仰いました。もちろん僕もそこのところは心配していました。けれどうちの親父もお袋も、律子と一緒に暮らし始めてしばらくすると、律子を本当の娘のように可愛がり始めました」

「具体的に池松律子のどのような点を、ご両親は気に入られたんでしょうか？」

津田口検事が尋ねる。

「そうですね。一番大きかったのは律子の品格です」

僕がそう言うと、木田支部長が不思議そうな顔をして口を挟んでくる。

「品格、ですか。でも、池松律子は津軽の芸人の娘で、品格という言葉とは一番かけ離れていると思うんですが」

「不思議な女でね、生まれや育ちとは全く関係なく、律子には生まれついての気品と気高さみたいなものが備わっていました」

僕がそう言うと、三人は納得のいかないような顔で頷いた。

「そう言えば、まだ結婚したての頃に、律子をフランス料理屋に連れていったことがあったんですよ」

「律子、ナイフやフォークは一番外側から使うんだよ」

たくさん並んでいるナイフやフォークを見て、どれから使ったらいいか迷っている律子に僕は小声でそう教えた。

「面倒くさいね」

律子はそう言うとすぐにボーイに声をかけた。

「すいません。お箸ください」

その時の律子の態度があまりに堂々としていたので、僕も周りの客たちも自分たちのマナーが間違えているんじゃないかと錯覚を起こすほどだった。

メインの料理が出てきた時だった。店のソムリエがワインを持ってやってきた。

「本日のメイン料理に合わせたワインです。京波様にはいつもお世話になっておりますので、最高級のモノをご用意いたしました。奥様いかがですか？」

ベテランのソムリエがそう言いながら、試飲用のワイングラスを律子に手渡す。

律子はそれを受け取り、一口飲んでこう言った。

「なんか、酸っぱい」

ソムリエは驚いた顔で律子に言った。

「奥様。失礼ですがこれは一九五〇年物のなかなか手に入らないワインでして……」

すると律子が悪びれもせずに言った。

「それに、カビの匂いがします」

ソムリエが慌てて自分用のグラスにワインを入れて一口飲むと、途端に顔の色が変わってこう言った。

「大変失礼いたしました。わたくしのミスです。すぐにお取り替えします」

あの時のソムリエや店の客たちの顔、今思い出しても笑いがこぼれてしまう。

「律子は、まるで生まれた時から贅沢な暮らしをして育ってきたかのように見えました。そしてそんな女が自分の妻であることを、僕は誇りに思っていました」

「それなのにお二人は結婚してたった三年で離婚された。それはなぜですか？」

津田口検事が僕に問いかけた。

「その頃、京波製菓が、創業以来の経営不振に陥っていたんです」

「何の落ち度もない律子を、どうして追い出さなくちゃいけないんだよ」

そう怒鳴ると、父親が悲しそうな顔で僕を諭す。

「お前だって分かってるだろう。うちの会社はこのままいけば倒産する」

そんな事は分かってる。だけど無茶苦茶な話だ。

「だからってどうして僕が律子と離婚して、債権者の娘と結婚しなくちゃいけないんだよ。そんなのどう考えてもおかしいだろ」

父が言う。

「相手の親御さんはお前さえ承知してくれたら、京波製菓への融資をいくらでもするって約束してくれてるんだ」

「とにかくお嬢さんがお前の事を気に入っていらっしゃるのよ」

母親も口を出してくる。

嫌な沈黙がこの部屋に流れる。その沈黙を破って僕が言った。

「どうしてもと言うなら、僕は律子を連れてこの家を出ていきます」

「私だって律子さんが可愛い。最初は結婚に反対したけど、今では実の娘のように思ってる。だけどね……」

母親はそう言いながら泣き出してしまい、後の言葉が続かない。

父が床に頭をこすり付けて言った。

「頼むこの通りだ。お前が『うん』と言ってくれれば、京波製菓で働いている社員全員が路頭に迷わなくて済むんだ」

母も父にならい頭を下げて言った。

「お母さんからもこの通りお願いします。長年続いた京波製菓を今つぶすわけにはいかないの」

「ずいぶん後で、うちのお手伝いさんに聞いて分かったんですが、律子はその話を偶然廊下で聞いていたんだそうです。その翌日から律子は人が変わったようになりました。夜な夜な若い男たちを引き連れて、飲みに出かけるようになって……」

律子はあの時どんな気持ちでいたんだろう。どんなに心細く苦しかった事だろう。

「挙句の果てはその中の一人と関係を持ち、やがてそれが会社中の噂になり両親の知るところとなったんです」

あの頃の僕は、律子の大きな愛情に一つも気づいてやれなかった。

「京波製菓の若奥様が若い男と浮気した。そういう噂が出回って、結果律子は我が家を追い出されることになったんです」

「待ってくれ。お前がそんな女じゃないって事は僕が一番よく分かってる。何かの間違いだよな？」

律子が何も持たずに家を飛び出そうとするのを、僕は必死に引き留めた。

「あなたは何にも分かってない」

律子が突き放すようにそう言った。

「もしかして親父とお袋に会社の事でなんか言われたのか？　だからわざと……」

僕は律子を離すまいと、必死に律子の腕を掴んだ。

「金目当てであんたと一緒になったけど、もう飽きちゃった」

「律子……」

そして律子は僕の手を振り払い言った。

「バイバイ。世間知らずのお坊ちゃま」

その時の律子の顔は、僕の知らない、全くの他人の顔だった。

「家を無一文で追い出された律子はその後行くところがなく、仕方なくトルコ風呂で働きだし」

「そうだったんですか……」

検察事務官の南川さんが、ゆっくりと、何度も頷いた。

「僕が両親と律子との板挟みになって傷つくのを恐れて、彼女はわざと浮気をして家を出ていったんです」

「ちょっと待ってください」

津田口検事が少し強い口調で言った。

「たかだか二十一歳の若い娘が、京波さんやご両親の事を思って自分から身を引いたって、そう仰ってるんですか？」

僕ははっきりと答える。

「その通りです」

「若い男との浮気もそのためにしたと、京波さんは本気でそう思っていらっしゃるんですか」

「律子はそういう女なんです。いつも人のためにばかり生きて……」

僕がそう言うと、津田口検事が、今度は明らかに不快そうに言った。

「そんなはずありません。池松律子は被害者である君塚公平に、日常的に暴力を振るった末殺害。そして叔父である行島道夫の事を、弱冠十五歳にして誘惑した女ですよ」

「津田口検事！」

南川さんが慌てて津田口検事の言葉を遮る。

我に返ったのか、津田口検事も動揺した様子で言った。

「あ、いえ、そうではなくて……」

木田支部長の眼鏡の奥がキラリと光った。

「津田口君、ちょっと外へ」

木田支部長が津田口検事を伴って廊下に出た。南川さんも後を追う。

「何を考えているんだ。まだ取調べ中の不確かな情報を君は今、一般の人間に話そうとしたんだぞ。分かっているのか！」

廊下から木田支部長の押し殺した声が聞こえてくる。

「申し訳ありません」

「なぜそこまで感情的に池松律子を深追いするんだ」

「……………」

「これ以上取調べに時間がかかるようなら他の検事に交代させるから。南川さん、後は頼みましたよ。僕はこれから出かける用事がありますので」

木田支部長がそう言って、去っていく足音が聞こえた。

ガチャ。

ドアが開くと再び津田口検事と南川さんが会議室に入ってきた。

津田口検事が僕に向かって頭を下げる。

「京波さん。大変失礼いたしました」

「いいんですよ。どうかお気になさらずに」

僕は話を続ける。

「僕はね、今、懐かしく思っていました」

「なにを、ですか？」

不思議そうな顔で津田口検事が言った。

「津田口さん。今のあなたを見ていると、まるで律子と出会った頃の僕とそっくりだ」

「は？」

「あなたも、律子に取りつかれ始めている」

「あの……」

「失礼。外の話が聞こえてしまったもんでね」

「取りつかれるとは、いったい……」

戸惑いを隠せない表情の津田口検事に、僕は話を続ける。

「今ならまだ間に合う。木田支部長の言う通り担当を代わった方がいいと、僕はそう思います」

津田口検事と南川さんが、顔を見合わせている。

「あなたが苦しくなるだけです。所詮死んだ人間にはかなわないんですから」

何かを言いたそうにしている津田口検事に、続けて僕が言った。

「僕と君が、どんなに律子の事を想おうが……」

もう黙ってはいられないと思ったのか、津田口検事が今度はハッキリとした口調で僕に言った。

「待ってください。京波さんは何かを誤解しています」

「君塚公平には勝てないんです」

僕がそう断言すると、まだ何かを言いたげな津田口検事を制して南川さんが言った。

「京波さん。それはどういう意味でしょうか」

「僕ね、生前の君塚公平に何度か会っているんですよ」

驚いた顔の津田口検事と南川さん。

「律子と離婚してからも彼女の事が忘れられなくて、ずっと探偵みたいに彼女の事を調べていました」

二人が黙って、僕の話を聞いている。

「君塚公平という人物を知ったのは、今からちょうど一年ほど前の事です。二人はいつの頃からか同棲を始めていたんです。僕は探偵を雇って君塚氏の事を調べました。それで二人が津軽時代からの幼馴染だと知ったんです」

「君塚公平に会ったと仰いましたけど、それは二人でお話しされたことがあるという事ですか?」

津田口検事がそう尋ねた。

「そうです。僕が彼に興味を持って、僕から接触を試みたんです」

初めて君塚公平に会った日を、僕は思い出していた。

その日はたまたま律子が働く店の近くで仕事仲間と会食をしていた。

帰り道に気まぐれで、律子の店の前に車を止めた。

しばらくすると律子の怒鳴り声が聞こえてきた。

「てめえ、迎えが遅いんだよ。ヒモのくせになにやってるんだよ」

律子が自分の持っていたハンドバッグで無抵抗の男を何度も殴っていた。

「稼ぎがねえくせになにやってんだって聞いてるんだよ。どうせお前なんか私がいなくちゃ息もできないんだろうがよ。ホラ謝れよ、お迎えが遅くなって申し訳ありませんでしたって、地べた這いつくばって謝れよ」

そこで律子に殴られていたのが、君塚公平だった。


「どこで、君塚公平と会ったんですか？」

津田口検事が僕にそう問いかける。

「最初は律子が仕事をしている時間を見計らってアパートを訪ねました。僕の素性を説明して行きつけのレストランに誘うと、彼は黙ってついてきました」

「この店はね、律子と結婚した当初によく通った店なんです」

僕がそう言うと、君塚公平は黙って頷いた。

「最初に律子をここに連れてきた時にね、律子がソムリエの間違いを指摘したんですよ。このワインはカビの匂いがするって」

公平が、微かに笑ったように見えた。

僕は話を続ける。

「どこへ行っても物怖じというものをしない。僕はその時、律子を妻に選んで良かったって、心底思いましたよ」

「律子からあなたの話は聞いていました」

公平がやっと口を開いた。

「君は作家さん、ですよね？　昔、賞も取ったことがあるとか」

「はい」

「新作は？　次はいつ出るんですか」

「もう長い事出版してません。僕の作品は、暗すぎて売れないんですよ」

「じゃあ、今は何を……」

「律子の、ヒモです」

なぜだか誇らしそうに公平がそう言った。

僕は少しだけジェラシーを感じて、自分の腕にしていた時計を外し、公平に差し出しながら言った。

「これ、良かったら」

「は？　あの……」

「お金を差し上げるのは失礼でしょ。だから、これ」

公平はジッと僕を見つめている。

「質屋に持っていけば、いくらかにはなりますよ」

僕は自分の時計を、無理矢理公平の手に握らせた。

公平は僕から手渡された腕時計をしばらく眺め、やがてこう言った。

「いりませんよ、こんなもの」

「やっぱり現金の方が良かったですかね」

僕がそう尋ねると、公平が穏やかな、何てことない顔で言った。

「金持ちっていうのは、本当にデリカシーのない人種なんですね」

「ヒモをやっている君に言われたくないなあ」

「こんな事するから律子に捨てられるんですよ」

まっすぐな綺麗な瞳で、公平は僕にそう言った。

似てる。誰にも媚びないこの気高さ、律子とそっくりだ。

そう思った僕は嬉しくなって、公平に握手を求めて言った。

「君なら、律子を幸せにしてくれるかもしれないなあ」

「それから律子が店で働いている間、僕はちょくちょく彼を誘い出し、何度も二人で飲みました」

「君塚公平は、京波さんの誘いにそのたびに乗ったって事ですよね？」

津田口検事が僕にそう尋ねた。

「ヒモなんて商売はきっと時間があり余っているんでしょう。暇つぶしも兼ねて、付き合ってくれたんだと思いますよ」

ある日、僕は珍しくひどく酔っていた。

そのまま帰っても良かったがどうしても公平と話がしたくなり、彼がいそうな店を数件探し回り、ようやく二人のアパートの近くの古い喫茶店に公平がいるのを見つけた。

ガラス越しに見ると公平がコーヒーを飲んでいた。

酔いも手伝って勢いよく喫茶店のドアを開けると、公平がこちらを向いた。

「あ！　こんなとこにいた」

そう声をかけると、驚いた様子で公平が言った。

「京波さん、そんなに酔ってどうしたんですか？」

「会社の付き合いってもんよ。金持ちは金持ちで大変なんだよ。なあ、ここ二、三日どこ行ってたんだよ。俺、お前に会いたくて会いたくてさあ」

すきっ腹に飲んだ酒が今頃効いてきて足元をふらつかせると、公平が僕の背中を支えて椅子に座らせてくれながら言った。

「ちょっと大丈夫ですか。すみませんマスター。水を一杯ください」

公平が店のマスターに声をかける。

「律子はね、お前がいない間も毎日ちゃんと店に出勤してたぞ」

僕がそう言うと、公平はいつもの事と慣れた様子で返事をした。

「別れた女房に付きまとって探偵ごっこ。いったい何が楽しいんですか」

「ヒモのくせに金持ちの道楽に口を挟むんじゃねえよ。なあお前、どこに行ってたんだよ。俺、寂しかったんだぞ」

「書き終えた小説を、友人に預けに津軽に行ってました」

「何が小説だよこの野郎、律子の脛ばっかりかじりやがって」

僕がそう茶化すと、公平は真面目な顔で答えた。

「ずっと書きたかった物語があって……」

「だから、出版できるあてもないのになにが小説だよって言ってんの」

「俺にとっても律子にとっても、大事な小説なんです」

僕は店のマスターが運んできた水をゴクリと飲み言った。

「もうさ、お前ダメ。俺が代わる。お前今日から俺んち行って京波製菓の社長やって、俺の嫁とガキ養え」

「何を訳の分からないことを。酔い過ぎですよ。口も悪くなってるし」

「俺がやる、お前の代わりを。俺が律子とまた一緒に暮らして……」

「それができないから捨てられたんでしょ」

「違うよ。あいつは俺の事を思って自分から出ていったんだよ」

声が大きかったのか、店の中にチラホラいる客が一斉に僕を見た。

公平がそんな僕をあやすように言った。

「京波さんもういいじゃないですか。あんたは親の会社引き継いで、順調に仕事を広げている。再婚して奥さんだって子供だっている。何も律子に固執しなくたって……」

「固執じゃねえよ、心配なだけだよ。あの女は一人じゃ生きていけない女だから」

公平が再び僕を見る。僕は公平の鼻先に向けて言う。

「なあ、知ってるだろ。俺、昔と違って金なら腐るほど持ってるんだよ。今なら絶対にあいつを幸せにしてやれると思うんだ」

「その話はもう聞き飽きました」

「自分は律子と一緒に住んでるからって、なに余裕ぶっこいてんだよ」

「だから声が大きいって」

そう諭された俺はやけになって、もっと大きな声で公平に言った。

「いいかよく聞け。うちの親父もお袋もとっくに死んだ。なんなら今の京波製菓は俺の天下だ。これからまた律子に好きなだけ贅沢させてやれるんだよ」

「だったら律子に直接会ってそう言ってやればいい。なんで僕のとこにいちいち来て……」

公平がもううんざりという顔で僕に言った。僕はその公平に負けじと話を続けた。

「何度も言わせるなよ。あいつは俺の事を思って家を出ていったんだぞ。直接なんて会えるわけないだろ。なあ、可哀そうな女だと思わないか？　俺の事を今でも思っているのに、その俺に会えないいんだぞ」

「律子は誰の事もなんとも思っちゃいませんよ。ずっと孤独の中で生きてきた女ですから」

そう言いながら、公平が目を伏せた。

「お前の事は？　どう思ってるんだよ」

僕がそう尋ねると、公平がきっぱりと言った。

「京波さん、ハッキリ言っておきますね。俺と律子は男と女の関係じゃありませんから」

やっぱりそうだったのか。僕の勘は当たっていた。

急に店の中が静まり返る。

「それは、律子が実の父親に暴力振るわれてたことと関係があるのか」

公平が驚きを隠せない顔で言った。

「あなた、何を知ってるんですか？」

「俺を誰だと思ってるんだよ。京波製菓の社長だぞ。そんなもん探偵に調べさせてとっくの昔に知ってるよ」

僕がそう言うと、言葉を選びながら公平が津軽にいた頃の話をポツリポツリと話し出した。

「律子の父親は最初は酒癖が悪い程度だったんです。だけどどんどん荒れていって、そのうち律子や律子のお母さんにも暴力を振るうようになっていったんです」

僕は黙って頷いた。

公平が話を続ける。

「律子は毎日のように、自分の父親から殴られたり蹴られたりしていました」

「貴重な情報をありがとうございました」

津田口検事がそう言って、頭を下げた。

「けれど……」

　津田口検事が口を開く。

「いくら自分の父親に暴力を振るわれていたからといって、池松律子自身が君塚公平に日常的に暴力を振るっていいという事にはなりません。しかも彼は、末期の膵臓ガンだったんです」

「もちろんその通りです。でもね津田口さん」

　僕がそう言うと、津田口検事がまっすぐに僕を見た。

「本当の事は当事者にしか分かりません。律子はきっと、君塚公平を愛していたから殴ったんです。彼を失いたくないから、公平が生きてるって証が欲しかったから蹴ったんです」

「申し訳ありませんが、京波さんが何を仰りたいのか一つも分かりません」

　津田口検事が吐き捨てるようにそう言った。

　彼はやっぱり、律子に関心を持ち始めている。

　そう確信した僕は彼に言った。

「愛のある暴力もあるという事です。それでしか繋がれなかった二人が私は悲しい……。そして、それがとても羨ましかった」

　津田口検事がむき出しの感情で言った。

「綺麗ごと言わないでください。抵抗もできず一方的に暴力を振るわれる人間の気持ちを、あなた本当に分かってるんですか！」

「津田口検事。落ち着いてください」

南川さんがそうたしなめると、津田口検事が僕の方へ頭を下げて言った。

「……すみません。京波さんに向かって言うべき言葉ではありませんでした」

「いえ、僕の方こそ少し喋りすぎましたね。また何かあれば言ってください。いつでも協力しますので」

そう言い残し会議室を出ようとすると、津田口検事が僕を呼び止め言った。

「最後に一つだけ聞かせてください」

僕が振り返ると、津田口が話を続けた。

「あなたにとって、池松律子とはどういう女でしたか」

僕は、律子のきらびやかな笑顔を思い出しながら言った。

「贅沢な、女でした」

「今日はありがとうございました」

そう言って津田口検事が頭を下げた。

律子は本当に贅沢な女だ。

彼女は苦しみや悲しみを知っている。

それを知った上で、最愛の男の最期に一緒にいられたんだから。

どうか最後まで気高く生き抜いてほしい。

僕は生まれて初めて神にそう祈り、小鹿さんの運転する車で東京地検立川支部を後にした。

贅沢な女2　津田口亮介

家に帰って風呂を浴び缶ビールを飲みながら、今日、京波が言っていた言葉を思い出していた。

「愛のある暴力もあるという事です。それでしか繋がれなかった二人が私は悲しい……。そして、それがとても羨ましかった」


暴力を振るっていい人間なんかこの世の中にいるもんか。

自分が父親から同じことをされていたのなら尚の事。

池松律子がどんなに苦しい人生を歩んでこようが、今回の事件とは全く、何も関係ない事だ。

彼女は絶対に罪を償うべきだ。

そう心で強く思いながら僕はタバコに火をつけて、七年前の出来事を思い出していた。

その日の深夜。

突然僕のところに病院から電話があった。

姉が危篤状態で、今救急車で病院に運ばれている最中だと。

僕は慌てて電話で教えられた病院にタクシーで駆け付けた。

病院に到着し案内された場所に行くと、ちょうど姉がストレッチャーに乗せられて手術室に入るところだった。

姉の顔は、内出血を起こして紫色に腫れていた。

僕は慌てて姉の元に駆け寄り言った。

「姉ちゃん分かるか？　僕だよ」

「下がってください。今から緊急手術を行いますから」

看護婦が緊迫した声でそう言った。

その時、姉の唇が微かに動いた。

僕は看護婦の言う事を無視して、再び姉に近寄った。

「なに？　なんて言ったの？」

その時、姉が息も絶え絶えに、本当に小さな声で言った。

「…………」

姉の言った一言に返す言葉が見つからなくて、僕はただただ茫然と立ち尽くして、手術室に向かう姉を見送った。

それから三時間。手術は終わった。

すべての処置が終わって、姉は病院のベッドに静かに眠っていた。

手術の後、医者から姉の病状を聞き、僕はベッドの脇のパイプ椅子に座りながら、やり場のない怒りを抱えていた。

それからどのくらいの時間が経ったんだろう。

もう、明け方近くだったと記憶している。

突然、姉の病室の扉が開き、二人の刑事が入ってきた。

「この度は、大変な事でしたね」

年配の刑事が気の毒そうな顔で僕に話しかけた。

僕は軽く会釈を返した。再び年配の刑事が話し出す。

「あなたは吉川美奈子さんの実の弟さんで、津田口亮介さんで間違いないですね？」

「はい」

僕がそう答えると、今度は年の若い刑事が言った。

「津田口さんは、検察庁の検事さんをやってらっしゃるとか……」

「そうです」

再び年配の刑事が、警察手帳を僕に差し出しながら言った。

「今回の事件を担当することになりました若槻（わかつき）です。こっちの若いのは葉山（はやま）」

若い方の刑事もぺこりと頭を下げる。

刑事二人を目の前に、まだ現実を受け止め切れていない僕は、姉の寝ているベッドに視線を移した。

長い、沈黙があった。

ベッドサイドにあるモニターだけが、機械的な心拍音を鳴らしていた。

年配の刑事が再び僕に尋ねる。

「今、医者に話を聞いてきました。お姉さんの意識が回復するのは難しいそうですね」

僕は頷き、ゆっくりと息を整えてから言った。

「姉は自分の夫である義兄に首を絞められて、殺されかけたんですよね」

「そのようです。それからもう一つ。これも医者から聞いたんですが……」

年配の刑事が、慎重に次の言葉を選んでいる。

「どうぞ。なんでも仰ってください」

僕がそう言うと、少しだけ安心したように話し出した。

「お姉さんの身体には無数の、殴られた痣や傷、骨折の跡があったそうです。どうやらご主人から日常的に暴力を受けていたようです。その件で、美奈子さんの実の弟さんであるあなたに、お話を伺いたいんですが……」

その場での事情聴取が終わったのは、朝の五時過ぎだった。

朝日がまぶしかったのを、僕は今でもハッキリと覚えている。

その後の裁判で明らかになったことは……。

姉がかつて娼婦をやっていたことを知った義兄は、日常的に姉に暴力を振るうようになった。

そしてそれがエスカレートしていき、歯止めのきかなくなった義兄は、最後に姉の首を絞め……。

けれど裁判では、義兄の心神喪失が認められ無罪。

救急車で運ばれるまで姉が暴力を振るわれていたという事実を、僕は知らなかった。

姉が娼婦をやっていた事を知ったのは、僕が大学受験に合格した年だった。

僕の両親は、そろってギャンブル狂いで借金が山ほどあった。

そんな両親が子供をまともに育てられるはずはなく、僕は五歳上の姉に育てられた。

僕たち姉弟はいつも汚い格好をしていた。

風呂にも一週間に一度ほどしか入れてもらえず、僕も姉も学校でよくいじめられた。

食事も、学校の給食が唯一の栄養源だった。

だから僕らはいつもがりがりに痩せて、そのくせ目ばかりギラギラ光らせていた。

僕が小学校四年生。姉が中学三年生の時だった。

学校から帰ると両親は消えていた。おそらく借金取りから逃げたのだろう。

そう、僕らは両親から捨てられたのだ。

それから僕と姉は施設に引き取られた。

姉は中学を卒業すると、高校には行かずにすぐにお弁当屋さんで働きだした。

僕と二人で暮らすために。

姉は死ぬほど働いて、二人で住める小さなアパートを借りた。

やっと施設を出て姉と二人で住めるんだと、僕はその時本当に嬉しかった。

けれど嬉しかったのと反対に姉の負担になるのが嫌だった。

だから僕は、姉と一緒に住むのと同時に新聞配達を始めた。

二人の生活は貧しかったけれど、平和だった。

風呂もついていない一部屋しかない部屋に布団を並べ、寝る前にその日あったことを報告しあうのがなによりの楽しみだった。

この部屋には借金取りも来ない。両親の喧嘩もない。まるで夢のような毎日だった。

そんな楽しい生活の中、僕は中学生になった。

ある日、姉は僕の学校から呼び出された。僕はそれを知らなかった。

先生から呼び出された内容は……。

国語の時間に将来の夢を書かなければいけない授業があった。

僕は特に深く考えもせず、その頃テレビドラマで見たカッコいい主人公の職業を書いた。

検事になりたいと。

その作文を読んだ担任が、僕に内緒で姉を学校に呼び出したのだ。

成績優秀なので、彼が本気ならば検事になるのも夢ではない。

ただし、上の学校に行くには塾代もかかる。高校、大学となるともっとお金がかかる。誰かその費用を出してくれそうな親戚はいないのか？　その相談のために、担任の先生は姉を呼び出したのだ。

姉はその日から夜の街に立った。

明らかに素人と分かる若い女が、通り過ぎる男たちに声をかけた。

姉は僕の夢を叶えようと、誰にも言わずに娼婦になった。

姉ちゃん。なんであの時ちゃんと僕に聞いてくれなかったんだよ。

なんで先生からの話を教えてくれなかったんだよ。

僕は姉ちゃんを犠牲にしてまで、検事なんかなりたくなかった。

姉ちゃん言ってただろ？

夜のスナックの仕事を始めたからお金がたくさんもらえるようになったって。だから亮ちゃんは安心して勉強して、立派な検事になってねって。

僕バカだからさ、姉ちゃんの言葉全部信用しちゃったよ。

まさか姉ちゃんが男に身体売ってお金を作ってくれてたなんて……。


朝の光がまぶしくて目を覚ます。身体が痛い。

そうか。ゆうべは酒を飲んでそのままコタツで寝てしまったんだ。

僕は手短に身支度を済ませ、コーヒーを飲み家を出た。

地検に行くまでの間、僕はまた池松律子と姉の事を考えていた。

池松律子は君塚公平に毎日暴力を振るい、挙句の果てに保険金目当てで殺害をした。

台所にあった包丁で公平の腹を二度刺し、部屋に火をつけた。

それでも律子は生きて話をしている。

京波のように、律子を助けたいと本気で思っている人間も周りにいる。

けれど姉は……、姉の事を心配する人間は僕以外にはいない。

生きているというだけで、あの綺麗だった切れ長の目が再び開くことはもうない。

なぜ姉だけ病院のベッドで眠ったままなんだろう。

律子が、憎い。

ダメだ。僕は検事だ。彼女への感情なんてどうでもいい。

とにかく少しでも早くこの事件を起訴するんだ。

僕が検事として出世していくことが唯一の、姉ちゃんに対する孝行なんだから。

そう思いながら支部のエレベーターに乗ると、後ろから南川さんに声をかけられた。

「あら、今日はいつもより早いのね？」

「ええ、ゆうべコタツで寝ちゃって、早く起きちゃったもんで」

南川さんが笑いながら言う。

「若いっていいわねえ。そんな事私がしたらぎっくり腰になって、仕事になんか来られないわよ」

エレベーターが五階に着く。

降りながら南川さんが僕に耳打ちした。

「池松律子の勾留期限、あとわずかです。そろそろ本腰入れてくださいね」

「はい。おそらく後二日もかからないと思います」

南川さんが安心したような顔で、去っていった。


時間になり取調室のドアを開けた。南川さんが資料を読んでいた。

僕が自分の席に着くと、いつものように二つの足音が聞こえてくる。

一つは池松律子の足音。もう一つは彼女を連れてやってくる警察官の足音。

扉が開き、池松律子が入ってくる。

その瞬間、僕は驚いた。

池松律子が姉に見えた。

いや、そんなはずはない。

以前声が似ていると思ったことはあるけれど、律子と姉の顔は全然似ていない。

ゆうべの寝不足が祟っているのか。

僕は一度気を引き締めてから、律子に向かい言った。

「おはようございます。今日もよろしくお願いします」

律子が自分の席に着いて、僕の顔をしげしげと眺めて言った。

「どうしたの？　怖い顔して」

「いえ、いつもの通りです」

僕は律子から視線をそらしてそう答える。

律子はにこやかに笑って、いつもの通り窓の外を眺めた。

やっぱり似ている。

「取調べを始めます」

南川さんがそう言うと、律子がこちらを振り向いた。

姉の醸し出す雰囲気と同じ匂いがするんだ。

でも不思議だ。

今まで一度だってそんな事、感じたことがなかったのに。

そうか、律子の印象がまた変わったんだ。

僕は思わず、感じたままを口に出して言ってしまった。

「あなたの事がますます分からなくなってきました」

律子が僕を見て、優しく微笑んでいる。

「いったいあなたの本当の顔はどこにあるんですか？　教えてください。どうして君塚公平氏を殺したんですか！」

僕がそう言うと、律子がいたずらっぽい目をして言った。

「殺したのは公平だけじゃない」

僕は律子の口から出た言葉を必死になって理解しようとした。

すると律子が子供のように無邪気な顔で言った。

「ねえ、絶対に秘密だよ。お父さんを殺したのも私なの」

窓の外から、小鳥たちの軽やかな鳴き声が聞こえてきた。

残酷な女1　津田口亮介

夜ご飯を食べた後、家をそっと抜け出して、リンゴ畑の中を一人で歩く。

近くに誰もいない事を確認してから、お父さんがいつも舞台の上で唄っている津軽じょんがら節を、真似して私も大きな声で唄う。

〽アー　お国自慢のじょんがら節よ
　　若い衆唄えばあるじの囃子
　　むすめ躍れば稲穂も踊る〜

今日もお父さんに殴られた。

お父さんの言う事をちゃんと聞いていい子になりたいけど、私は頭が悪いからすぐに叱られる。

私は岩木山に向かって両手を合わせて、山の神様にお願いした。

どうか私をいい子にしてください。

お父さんやお母さんに叱られないような、頭のいい子にしてください。

でもきっと、私のお願いを神様は聞いてくれない。

だって私はインバイだから……。

なんだか分からないけど涙が出てきた。どんどんどんどん涙が出てきた。

どうしたらいいか分からなくなって、私はまた唄を唄った。

大きな声で何度も唄った。

唄いながら心の中で謝った。

お父さんごめんなさい。悪い子でごめんなさい。

お母さんごめんなさい。お母さんの子供に生まれてきてごめんなさい。


夢を、見ていた。

僕の記憶の中にはないはずの、池松律子の子供の頃の夢を。

気が付くと背中にイヤな汗をかいていた。

僕は慌てて布団から起き、シャワーを浴びた。

「村上さんと同棲を解消した後は、どうやって生活をされていたんですか？」

取調室で僕がそう尋ねると、律子が答えた。

「スナックでホステスやってた」

「お店の名前を教えてください」

「いろんなとこ転々としたから憶えてない」

「……そうですか」

「男好きの淫売女」

「え？」

「どこに行ってもそう言われた」

律子が小さく微笑み、そう言った。

「だから他のホステスにも嫌われて、どの店も長続きしなかったの」

僕と南川さんは、黙って律子の話を聞いていた。

「子供の頃に言われた言葉って、残るんだよね」

律子がそう言うと、南川さんが尋ねた。

「誰に、何を言われたの？」

「父親に。酔うと必ず言われてた。この淫売女って」

そう言いながら律子が自分の爪をもてあそぶ。

俯くその顔からは、何の感情も読み取れない。

ただただ自分の運命を受け入れている女が、そこにいた。

律子が再び口を開く。

「生まれた時から淫売って言われ続けたら、自分はそういう女なんだって信じちゃうよね。子供だもん」

そう言って笑った顔は、今朝僕が夢で見た子供の頃の律子そのものだ。

律子がジッと僕を見つめる。僕の心を見透かすように。

動揺した僕は自分の感情とは正反対の、調書に書いてある教科書通りの質問をした。

「あなたはまず、十二歳で叔父である行島道夫氏に引き取られ同居。中学卒業と同時に京波製菓の工場に就職し十八歳で京波久雄氏と結婚。そして三年後に離婚。その後、あなたがトルコ風呂に勤めていた時に幼馴染の村上姫昌さんと再会。そして二人は同棲。しかしその一年後に同棲解消。その後……」

「私の男遍歴ばっかり調べてどうすんの？」

律子が意地悪そうな顔をして言った。

「事実関係を確認しているだけです」

僕がそう答えると、律子は急に声を荒らげて言った。

「男なんか掃いて捨てるほどいたわよ。私は淫売なんだから」

南川さんが優しく律子をたしなめる。

「池松さん、自分を卑下するような言い方はよくないわ」

律子が、今度は南川さんに牙をむく。

「勘違いしないで。私はあんたみたいなどこにでもいるようなおばさんと違って、男にモテてきたって自慢してるだけだから」

何とも言えない顔で押し黙る南川さん。

それを見て、満足げに笑っている律子。

妙な緊張感が取調室に充満する。

僕はその緊張感を無視して質問を続けた。

「村上姫昌さんと一年で同棲解消したのち再婚されていますよね？　お相手は……」

「一平(いっぺい)ちゃん」

そう言った律子の顔は、ついさっきとは別人のように嬉しそうだった。

「あなたが神楽坂のスナックで働いていた時に、お客としてきた山之内(やまのうち)一平氏と出会った。そうですね？」

山之内との生活を思い出しているのか、楽しそうに律子が頷く。

「その頃、山之内氏はプロ野球の二軍の選手でしたよね？　どうして再婚しようと思われたんですか？」

そう僕が尋ねると、律子が柔らかい笑顔で言った。

「寂しい、人だったから」


南川さんがあたりをキョロキョロ見まわしながら言った。

「やっぱり何度来ても緊張するわね」

「まあ、この辺は暴力団の巣窟ですからね」

南川さんにそう答えた時、大きな木彫りの看板が目に入った。

「あ！　ありました。南川さん。ここですよ」

その大きな看板には室田組（むろたぐみ）と書かれてあった。

南川さんがすがるような目で僕に言った。

「津田口検事。もし私がヤクザに襲われそうになったらちゃんと助けてくださいよ」

「その心配はないと……」

思ったままを口にしてしまった僕を、南川さんがギロリと睨みながら言った。

「どういう意味？」

「いえ。さあ、行きましょう」

僕はとぼけながらそう言って南川さんを促し、室田組の玄関のチャイムを鳴らした。

しばらくすると、中から背の高い坊主頭の強面の男が顔を出した。

「誰だ？　お前ら」

僕はその強面の男に言った。

「東京地検立川支部で検事をやっている津田口と申します」

すると坊主頭の強面が検事と刑事を聞き違えて大声で怒鳴った。

「なんだこの野郎。デカがうちの組に何の用事だ！」

南川さんが僕をグイグイ前に出そうとする。僕は必死で強面の男に説明する。

「違います。刑事じゃなくて検察庁から来た検事です」

「だからそのデカが何の用事だ」

そう言いながら強面の男がこちらに近づいてきた。

たまらず僕が後ずさりをすると、南川さんが僕の後ろから大声で怒鳴った。

「人の話をよく聞いてください！　今日、山之内一平さんからお話を伺う約束になっている検事です」

すると、今まで強気だった強面の男が少しだけ目を左右に動かして言った。

「ああ～？　山之内の叔父貴に？」

「ちゃんと約束してるんですから、山之内さんを早く呼んでください」

またもや強気で南川さんがそう言うと、強面の男が部屋の中に入りながら大声で言った。

「山之内の叔父貴～、叔父貴に会いに若造とババアのデカが来てますけど」

それを聞いた南川さんも、強面に負けじと大声で訂正をする。

「私はババアじゃなくて南川。それから刑事じゃなくて検事と検察事務官です！」

しばらくすると今度は金髪の男がやって来て、僕らは室田組の応接室に通された。

南川さんと二人きりになったのを見計らい、僕は小さな声で耳打ちした。

「南川さん勇気がありますね。あんな怖い顔の人を怒鳴りつけて」

すると南川さんがプリプリ怒りながら言った。

「だって失礼じゃないの。何がババアよ。検事と刑事の区別もつかないくせに」

次の瞬間ドアの開く音がしてそちらの方に視線をやると、大柄で色黒の彫りの深い顔の男が立っていた。

男は僕らを見つけると、途端に笑顔になって言った。

「おう、待たせて悪かったな。俺が山之内だ」

応接室に入ってきた時には殺気立った顔をしていたのに、笑顔になると急に人懐こい顔になる。

少しだけホッとした僕は、今日の本題を切り出した。

「今日は山之内さんと一緒に暮らしていた頃の池松律子について、お話を伺いにまいりました」

「おお。それはこのあいだ電話で聞いたよ。でもさ、お前ら知ってる？　俺、ゴリゴリのヤクザだよ」

山之内がおどけてそう言った。

「はい、存じております」

僕がそう答えると、なおもおどけた調子で山之内が言った。

「ヤクザとデカがこんなところで仲良く話してていいのかねえ」

電話でキチンと検事と検察事務官が訪ねると伝えたはずなのに、この男も僕らを刑事と間違えている。

僕は慌てて訂正する。

「いえ、我々は刑事ではなく……」

「それで？　デカさんたちに何を話せばいいんだ」

僕はもう一度訂正する。

「あの、我々は刑事ではなく、検事で……」

僕の話が終わらないうちに、山之内が突然元の鬼のような顔をして、事務所の組員に向かって怒鳴り出した。

「こらあ、客人に茶の一つも出せねえのか！　俺のメンツも考えろ！　バカ野郎！」

隣に座っている南川さんの肩がピクッと動いた。もちろん僕もだ。

するとと山之内が再び人懐こい笑顔に戻り言った。

「で？　デカじゃなくて、なんだって？」

「いや、あの……、大丈夫です。はい」

僕はもう、検事だと訂正する事をあきらめた。

「とにかく今日は、池松律子が当時どんな女性だったか、そういう話を率直に教えていただければ……」

僕がそう言うと、山之内がタバコに火をつけながら言った。

「それは無理だよ。率直になんて言ったら律子は死刑確定になっちゃうだろ」

「死刑、ですか？」

南川さんが不思議そうに山之内に尋ねた。

「冗談だよ。だけどな、あの女を恨んでる男はゴマンといるだろうから、そういうの取り締まる法律があったら、あいつは確実に死刑だよ」

「山之内さんも、池松律子を恨んでいるんですか」

僕がそう尋ねる。

「俺は、ま、恨むっていうよりは憎むって言葉の方が近いかもな」

そう笑いながら言った。笑った目じりに微かに殺気が光る。

「離婚されて、もうずいぶん経っていますよね」

南川さんが再びそう尋ねる。

「ああ」

「それなのに、池松律子の事を、今も、憎んでいるんですか？」

「そうだな」

南川さんがどんどん前のめりになって、山之内に尋ねていく。

「何か、金銭トラブルでも？」

「それで迷惑かけたのは、ま、どっちかって言えば、俺だな」

「あなたとの婚姻生活の間に、彼女が不貞行為を働いたとか」

「それも、俺だな」

「では、何が問題だったんですか？　別れてから十年以上も憎んでいる理由を具体的に教えてください」

　僕がそう尋ねると、山之内が少し考えるように答えた。

「具体的に……、具体的になあ……。言葉にするのが、難しいんだよ」

「まとまらなくても問題ありません。抽象的な言葉でもかまいませんので」

　そう僕が言うと、山之内が天井を見上げ小さく長いため息をつきながら、絞り出すような声で言った。

「俺、妹がいるんだよ。腹違いの」

　突然、山之内がそう言った。

「だから俺は、律子と一緒になったんだ」

残酷な女2　山之内一平

俺の実家は名古屋市内の商店街にある、小さな総菜屋だった。

俺のお袋は俺を産んで三年後に病気で亡くなった。

お袋が死んでから一年後に、親父は新しい嫁を貰った。俺にとっての継母だ。

この継母というのができた女で、なさぬ仲の俺の事も本当の子供のように可愛がってくれた。

俺が四歳の時だった。継母が妊娠して、元気な女の子が生まれた。

名前はあかり。俺は嬉しくて可愛くて、毎日ずっと赤ん坊のあかりを眺めていた。

継母は自分の子供が生まれても、変わらず俺に愛情を注いでくれた。

あかりが歩けるようになってからは、どこに行くんでもあかりを連れて歩いた。

男のくせに妹を連れて歩くなんてカッコ悪いって、近所のガキどもに冷やかされたが、俺は全く気にしなかった。

総菜屋で忙しく働く継母の役に、少しでも立ちたかったから。

実際あかりは俺によくなついた。

回らぬ口で俺の事を一平ちゃん、一平ちゃんと呼び、ずっと俺の後を追いかけてきた。

妹なんだからお兄ちゃんて呼べって何度もそう言ったけど、継母が俺をそう呼ぶので、妹もきっとそれを真似したんだろう。

俺が小学校へ上がるといつもあかりが追いかけて来て、俺にしがみついて一緒に学校へ行くと泣き叫び、継母が俺とあかりを引き離すのに苦労してた。

継母はこの話が大好きで、今でもおかしそうに何度もその話をする。

あの頃の俺は幸せだった。

親父は頑固で昔気質の男だったから、何かというと俺を殴ったりしたが、当時はどこの家でも当たり前だったから気にもしなかった。

そんな事より、優しい継母と可愛い妹がいる毎日が本当に楽しかった。

俺は小学校に上がると野球に夢中になった。寝ても覚めても野球の事しか考えられなくなった。

あれは俺が小学校五年の時だった。

その日は試合前の最後の練習で、俺らチームは盛り上がっていた。

妹は家に一人でいるのがつまらなかったんだろう。グラウンドに俺の練習を見にきていた。

夕方練習が終わり、クタクタになった俺は水飲み場で水をがぶがぶと飲み、仲間に別れを告げた。

夕焼けが綺麗な日だった。

さあ帰ろうと妹を探すと、どこにもいなかった。

俺はそのあたり一帯を探し回ったが、グラウンドにも隣の公園にもいなかった。

練習に飽きて先に家に帰ったのだろうと、俺は特に気にすることもなく一人で家に帰ってきた。

親父と継母のやってる店が我が家の玄関で、俺はそこで両親に、妹が帰っていないかと尋ねた。

すると二人とも、今日は幼稚園から帰ってから一度もあかりを見かけていないと言った。

俺はなんだか胸騒ぎがして、自転車を走らせてそこら中を探し回った。

あかりは夜遅くになっても帰ってこなかった。

両親もさすがに心配になったのか、早めに店を閉め近所を探したが見つからず、とうとう警察に電話をした。

何人もの警察官が家に来て、いくつもの質問を俺に投げかけた。

俺は聞かれるがままに正直に答えた。

俺がグラウンドで野球を練習していたら、妹のあかりがやってきた事。

俺が練習でホームランを打った時、あかりが大きな声で「一平ちゃん、カッコいい！」と言ったこと。

その後練習が休憩になった時、俺は妹を抱っこして水飲み場で水を飲ませたこと。

それから……、それから……、その後は、あかりを見た記憶がなかった。

俺は練習に夢中になりすぎて、妹の存在を忘れていたのだ。

その日の夜は、俺も、親父も、継母も、一睡もできなかった。

夜が白々と明けた頃、警察から電話があった。

あかりが、俺の妹が、川で溺死していると。

それからの事は、あまり覚えていない。

ただ、妹の葬式が終わった時、継母に呼び出されたことだけはハッキリ覚えている。

俺は覚悟した。継母に怒鳴られても殴られても仕方ない。もしかしたら殺されるかもしれない。

でもそれは仕方のないことだ。俺はそれくらいの事をしたんだから。

俺は妹のあかりを殺してしまったんだから……。

だけど俺のそんな予想は見事に外れた。

継母は泣きはらした赤い目で、俺にこう言ったんだ。

「一平ちゃんのせいじゃないからね。これはきっとあの子の天命だったの。だからお願いだから、自分の事を責めたりしないでね」

俺はその時、我慢していた涙が一気に噴き出した。

俺のその涙を、継母が優しく手で拭いながら言った。

「ねえ、一平ちゃん。私から一つだけお願いがあるの」

俺は継母を見上げてジッと話を聞いた。

「あかりはね、一平ちゃんが大人になったら野球選手になるって信じてたの。だからお願い。必ず野球選手になってあかりの夢を叶えてあげてね」

「妹のあかりさんと池松律子の顔が似ていた。そうなんですよね？」

津田口が、そう尋ねてきた。

「いや、顔っていうかなんていうか、俺の事を見上げる目の色が似てたんだって、今となってはそう思う」

律子と出会ったのは偶然だった。

俺が二軍落ちしていた時に、たまたま連れられて入ったスナックで働いていたんだ。

その時も律子はものすごく酔っ払って誰かれなしに客に抱きついて、どう見たって淫売そのものだった。

普段ならそんな薄汚れた女に全く興味を引かれなかっただろうけど、俺の席にやってきた時に、律子が言ったんだ。

何にも知らないくせに、だけど確信的に、俺の目を見上げながら言った。

「あんた、寂しい目をしてるのね」

俺はその瞬間から律子とあかりがダブって見えた。

俺の可愛い妹は、小さい頃に死んじゃった妹は、こんなところにいたんだってそう思った。

「その出会いからしばらくして、二人はお付き合いするようになったんですね」

津田口が俺にそう尋ねた。

「律子が俺のアパートに転がり込んできたんだよ。落ち目だった俺は律子に救いを求めたんだろうな。一緒に住むようになってしばらくして、名古屋の両親に律子と結婚するって電話で報告したんだ。そしたら二人ともすごく喜んで、特に母親は泣いてた。これでやっと一平ちゃんが幸せになってくれるって」

南川が言う。

「山之内さんのご両親に、池松律子を会わせた事はあるんですか？」

「一度だけな。継母がどうしても律子に会いたいって、親父を連れて名古屋からわざわざ出てきたんだよ」

「池松律子と会ったご両親の反応は、どうだったんですか？」

南川が再び俺に尋ねる。

「特にお袋が律子の事を気に入っていた。離婚歴がある事も風俗をやっていたことも、律子は洗いざらい喋ったんだけど、その正直さが逆に気に入られてな。名古屋に帰る時、お袋は律子の手を握りながら、何度も何度も一平の事お願いしますって頭を下げてた」

南川は黙って俺の話を聞いている。

「だけどお袋には悪かったけど、俺たちはそれから一年もしないうちに上手くいかなくなった。だから結婚していた期間は二年もなかったんじゃないかな」

俺がそう言うと、南川が再び尋ねた。

「言いにくい事を聞くようですけど、ちょうど池松律子と結婚していた時に、山之内さんは試合中に足を怪我して復帰ができず、球団をクビになったんですよね」

「ああそうだ。あの頃からだよ、俺の転落人生が始まったのは。せっかく妹の夢だった野球選手になったのに、怪我して球団クビになって、今じゃヤクザの組の立派な幹部だ」

「池松律子は今回の事件を起こすまで、あなたがいらっしゃる室田組が面倒を見ていたスナックに勤めていましたよね」

津田口が俺にそう聞いてきた。

「ああ。俺のダチの紹介で、アイツは俺が知らないうちにあの店に入ったんだよ」

「お二人が離婚された後も、街中で池松律子に会う事が当然ありましたよね？」

「何度も見かけたよ。店から帰る律子はいつも泥酔してて、それを大柄な男が迎えにきてた」

その日も、幹部会議が終わった後、付いてこようとする子分たちを振り切って俺は行きつけのバーに一人で入った。

ほろ酔いで店を出て次はどこの店に行こうかと考えていると、聞き覚えのある女の怒鳴り声が聞こえてきた。

「ホラ、謝れよ。お迎えが遅くなって申し訳ありませんでしたって、地べた這いつくばって謝れよ」

女はそう言いながら男を足で蹴っていた。

「なんだよその目は。テメエはどうせ金欲しさに、毎日迎えにきてんだろうがよ」

律子だった。

「そんなに金が欲しいか？　ならくれてやるよ。ホラ」

律子はそう言いながら自分のバッグから金を出し道端にばら撒いた。男はただジッと律子を見ていた。

「拾えよ、お前の大好きな金だよ。地べたに這いつくばって拾えよ」

律子が男の襟首を掴み、地べたに這いつくばらせようとしながら言った。

「ド田舎の三味線弾きのせがれがよぉ。お前は私の下僕じゃねえか。下僕なら下僕らしくさっさと金拾えよ！」

街を行きかう人々が、何事かと律子と男を眺めている。

「見世物じゃねえぞ！　殺すぞ、コラ！」

律子がそう叫ぶと見物人たちは眉をひそめて去っていった。

そして男が、道端にばら撒かれた札を拾いだした。

「相変わらず最低な女だな」

そう俺は声をかけた。

「一平ちゃん。こんなとこで何してるの？」

律子はそう言いながら慣れた手つきで俺に抱きついてきた。

俺はそれを雑に払い、札を拾っている男の手を止め言った。

「兄さん、やめとけよ」

「兄さんなんて上等なもんじゃないよ。コイツは下僕なの。ホラ下僕の公平君。一平ちゃんにちゃんとご挨拶しな」

律子は相当酔っているのか、足元をフラフラさせながら、俺と男の間に割って入ろうとする。

俺は律子を無視して男に言った。

「なあ、悪い事は言わないから早いとここの女と別れろよ。コイツはさ、男の生き血吸って生きてる女なんだよ。全部吸い取られる前に逃げた方が兄さんのためだ」

律子が怒った顔で俺に言う。

「何言ってんのよ。あんたこそ私から全部吸い取って逃げたくせに」

「なあ兄さん聞いてくれよ。俺、元々プロ野球の選手だったのよ」

「この人から聞いてます。この辺でも何度かお見かけして……」

男が札を拾い終わり、初めて俺の方に顔を向けてそう言った。

「それがさ、このくそ女と出会ったおかげで、今じゃこんな薄汚い街のヤクザのおっさんだよ」

「あんたが勝手に怪我して球団クビになって、勝手に荒れてヤクザになったんでしょ」

律子はそう言いながら、わざと男に見せつけるように俺の手を握る。

俺は律子に握られた手をそのままに男に話しかける。

「なあ、コイツ心がねえだろ？」

「はあ？　何よ、その言い方」

「なんでもハイハイ男の言う事聞いてよ」

「でも、いい奥さんだったでしょ？」

そう言って律子が俺にしなだれかかってきた。

途端、俺は容赦なく律子の頬を殴った。

「触るな淫売！」

俺に殴られた律子が道に倒れる。表情一つ変えずに、俺をジッと見つめている。

こいつは昔からこういう女だ。

「見ろよこの目。テメエの女房にこんな目で見られたらたまんないだろ」

男は何も言わずに、黙って律子を抱き起こした。

俺はその瞬間、思い出した。

この男が君塚公平だ。

律子が何度も何度も、俺に話して聞かせた、律子の最初の男だ。

そうか、二人はやっと会えたんだ……。

「長話しすぎたな」

そう言って、俺は苦しいような嬉しいような複雑な気持ちを抱えたまま、その場を立ち去ろうとした。

すると俺の背中に向けて男が言った。

「だったらあなたは、どうしてこの街にいるんですか？」

俺が振り返ると、男が俺をまっすぐ見つめて再び言った。

「律子がいるこの街に、どうして今もいるんですか？」

「うちの組がこの街にあるからだ。他に意味はねえなあ」

そう言った俺の吐く息が、やけに白かったのを今でも覚えている。

「律子は、良く言えば真っ白な女なんだ。どんな男にも自分を合わせていける」

俺は津田口と南川を交互に見つめながら言った。

「そんな古風な女性、今時の日本になかなかいませんよ」

南川のおばさんがしたり顔で言う。

「俺も最初はそう思った。今逃したら、一生こんな女とは出会えないだろうって」

「でも意外です。彼女にそんな一面があったなんて……」

南川がまたもや訳知り顔で頷いた。

「だけどあいつの本質はな……。おい、本質って言葉で合ってるか？」

俺がそう尋ねると、津田口が言った。

「この先言おうとしている言葉によります」

「そうか……。じゃあ先を言うぞ。あいつは、自分ってものがないんだよ」

「本質で合ってます」

津田口がそう答えた。

ダメなんだよ。俺って男は弱気になると、学もねえくせに難しい言葉を使う癖がある。

あいつに会ってから俺はずっとそうだった。

心の中で律子の事を考えると、いつも弱気になる。

だから俺はずっと強がって、とうとう柄でもねえヤクザにまでなって……。

俺は子分の持ってきたお茶をがぶりと飲み、話を続ける。

「あいつには自分の感情ってもんが一つもないんだ。欲も、夢も、希望もない。死んだように、ただ生かされてるから生きてるだけなんだ」

だから俺はあいつを恨んでいるんだろうか。

だからあいつは今も、俺の心の中から消えてくれないんだろうか。

あかり、俺に教えてくれよ。

「池松律子の事、どうしてそう思われたんですか？」

津田口が俺に尋ねる。

「ちょ、ちょっと黙ってろ。今ここまで出かかってるんだから」

俺は自分の喉に手をあてながらそう言った。津田口が真面目くさった顔で俺に謝る。

「すみませんでした」

「いいんだよ。何も本気で怒ってるわけじゃないんだから」

もう少しで、俺がずっと心のなかでぼんやり思ってたことが言葉になりそうだ。

「とにかく、あいつはすぐに一緒になる男と自分を重ね合わせるんだよ。こう、ピタっと全部が一緒になっちゃうんだよ」

津田口と南川が、黙って俺の話を聞いている。

「男のやりたい事が自分のやりたい事。男の夢が自分の夢。男の欲が自分の欲。そうやってどんどん男と同化していくんだ」

南川が口を挟もうとするのを、俺は必死で制する。

「分かる、みなまで言うな。そんな女最高だって言いたいんだろ？」

南川がコクンと頷いた。

「違うんだよ。そうじゃないんだ」

そう言いながら、俺はなぜだか律子が俺の前でよく弾いていた津軽三味線の音色を思い出していた。

律子の親父さんが死ぬ瞬間まで弾いていたというあの音を。

「あいつは男の悪いところも同化する。っていうか、俺が何をやっても受け入れちゃうんだよ。浮気しようが博打で借金作ろうが、悪い仲間とつるもうが、あいつは何にも言わない。黙ってただ、俺のやってる事をジッと見つめてんだ」

なんだか今日は無性に喉が渇く。俺は事務所にいる子分に向かってもう一度怒鳴った。

「お茶のおかわりはどうしたんだよ。気を利かせろよ。バカヤロー」

津田口と南川の身体がピクっと動く。

今なら全部言葉にできる気がする。俺はこの瞬間、強くそう思った。

「そんでな、俺がその時一番そばにいてほしい女の像を察知して上手く化けるんだ。そこらのチンピラ女優なんか足元にも及ばないぞ。なあ、分かるか？　最初はいいよ、そりゃ俺の思うがままだもん。だけどな、段々と怖くなってくるんだよ」

津田口の目の色が、微かに変わったような気がした。

「いいか、よく考えてみろ。結局あいつは俺の分身になっていくんだよ。俺はあいつと暮らしている以上、テメエのいいとこも悪いとこもあいつを通して、四六時中突きつけられるんだ」

そうだった。俺はあいつと暮らし始めてから一日だって心から安らいだ日はなかった。

「俺は律子って女と結婚したんじゃなくて、ただただ自分のコピーと一緒になっただけなんだ」

結局俺は、律子をどういう女だと思っていたんだろうか。

そう思った瞬間、津田口が俺に尋ねた。

「池松律子は、あなたにとってどういう人でした」

ダメだ。摑みかけてた言葉が、雲みたいにどこかへ飛んでいってしまった。

「そんな難しい質問、するなよ」

俺はそう言いながら、律子と別れた日の事を思い出していた。

「一平ちゃん待って。はいコレ」

律子はそう言いながら、厚みのある封筒を俺に渡してきた。

封筒の中には三十万円ほどの現金が入っていた。こんな金、もう家にはないはずだ。

俺は驚いて律子を見た。すると律子が屈託のない笑顔でこう言った。

「今日も行くんでしょ？　競輪」

「こんな大金どうしたんだよ」

「私ね、働きだしたの」

律子が無邪気な顔をして言った。

「どこで？」

俺がそう尋ねると、律子が言う。

「哲ちゃんに紹介してもらった」

「哲って俺のダチの哲の事か？」

「そう」

「哲は生粋のヤクザだぞ。しかもクソがつくほどエグイ奴だ。分かってるのか！」

「だって、いい仕事紹介してくれるって……」

「また、トルコ風呂で働きだしたのか」

俺がそう聞くと、律子が少し誇らしげに俺に向かって言った。

「今度のお店むちゃくちゃ給料いいの。このお金、たったの一週間で稼いだんだから」

「ふざけんなよ！」

俺が思わずそう怒鳴ると、律子が押し黙る。

「お前なんなんだよ。なあ、止めてくれよ。俺さ球団クビになってから、坂道転がるように悪い方に向かってんじゃんか。お前は俺の女房だろ、泣いてくれよ諫（いさ）めてくれよ。……ほら～、諫めるなんて難しい言葉使っちゃったよ。お前知ってんだろ？　俺が難しい言葉を使う時は弱気になってる証拠だって」

「そういう一平ちゃんもカッコいいもん」

律子がそう言って、俺を見上げた。

「そんな話をしてんじゃねえだろ。なあ、責めてくれよ。行かないでって止めてくれよ！」

「だって、一平ちゃん楽しそうだから」

「楽しくなんかねえよ。楽しいわけねえだろ。毎日毎日、この先どうなっちゃうんだろうって、不安で仕方ねえんだよ」

何も言わない律子の肩を摑んで、俺は話を続ける。

「俺怖いよ。もうお前が怖いよ。どんな生き方してきたらお前みたいな化け物が出来上がるんだよ」

律子、頼むから何か言ってくれ！

「なあ、知ってるか？　俺もうヤクザの世界に片足突っ込んじゃってんだよ。あとちょっとで後戻りできなくなってるんだよ。俺さ、名古屋の田舎じゃ期待の星だったの。高校でスカウトされて親父もお袋も大喜びで、いつか田舎にでっかい家建ててやるって月並みな夢見てさ。妹の夢は俺が野球選手になる事だったんだよ。俺の両親は俺をヤクザにするために苦労して育てたんじゃねえんだよ。頼むからさ、俺を止めてくれよ。これ以上落ちたらゴミクズになるって言ってくれよ」

なんでもいいから俺に何か言ってくれ！

「律子！」

律子が強い目で、俺を見ながら口を開いた。

「一平ちゃんは悪くない。怪我させた球団が悪い。足の傷治せなかった医者が悪い。先に死んじゃった妹さんが悪い。私が悪い、世間が悪い、世界中のみんなが悪い。一平ちゃんは悪くない！」

「そうだよな、俺は悪くないよな。俺、なんでもかんでも一生懸命やってきたんだから。人にだって優しくしてきたもんな。真面目に生きてきたもんな。電車でババアに席譲ってやった事だってあったもんな」

そう言いながら俺は両手で、無意識に律子の首を絞めていた。

「死んでくれよ、頼むから死んでくれ。もう俺の前から消えてくれよ」

その時、律子が小さな声で言った。

「私、死ねるの？」

その瞬間、俺の手から力が抜けた。

俺は涙が出そうになるのを必死でこらえて律子に怒鳴った。

「有り金全部出せ！」

律子が黙って俺に金を差し出した。俺はたまらず律子を抱きしめながら言った。

「お前のせいだからな。……全部お前のせいだからな」

俺はこの瞬間、別れを決意して、律子と暮らしていた家を後にした。


「今日は貴重なお時間をありがとうございました」

室田組の玄関先で津田口と南川が俺に頭を下げる。

二人が去ろうとするうしろ姿に向かって俺は言った。

「なあ……」

足を止め、振り返る津田口と南川。

「律子って女は、残酷な女だよ。……俺は、そう思う」

結局、俺の言いたかったことは何一つ、正確に言葉にならなかった。

だから俺は、律子の事を未だに忘れられないんだ。

あかり、お前やっぱり兄ちゃんを恨んでいるのか？

だから律子って女と兄ちゃんを引き合わせたのか？

なあ、お前もそう思うだろ？　律子って女は、残酷な女だって。

俺はそんな事を思いながら、薄汚ねえスモッグだらけの空を見上げた。

オレンジ色の遠くの雲が、いたずらっぽく笑ったような気がした。

残酷な女３

津田口亮介

室田組の事務所を出た僕と南川さんは帰り道を急いでいた。

僕らは黙って、ただただ歩いていた。

僕の頭の中は池松律子でいっぱいだった。

池松律子という女は、いったいいくつの顔を持っているんだろう。

彼女を取調べるほど、彼女と関係があった人間と直接会うほど、池松律子の輪郭があいまいになっていく。

なぜ律子は、君塚公平にしか暴力を振るわなかったんだろう。

君塚氏が末期のガンで身体が弱っていたから、抵抗できないと思ったからなのか。

けれど保険金目当ての殺人を企てていたのなら、なぜ人前で君塚公平を殴ったりしたのか。

暴言を吐いたのか。

どちらの行為も裁判になった時に不利になる事くらい、律子にだって分かっていたはずだ。

この間彼女は言った。自分の父親を殺したのも自分だと。

まだこの事件を少しも理解していないのに、時間だけがどんどん過ぎていく。

「津田口検事。池松律子の勾留期限まであとわずかです」

南川さんが言う。

「分かっています。……南川さん」

「はい？」

前を歩いていた南川さんが振り向く。

僕は意を決して、南川さんに言った。

「僕、どうしても津軽に行って、池松律子の過去を調べ直したいんです」

驚きと怒りの表情で、南川さんが言った。

「私の話を聞いてましたか？　勾留期限まであと少ししかないんですよ」

僕は南川さんに頭を下げながら言った。

「このままでは事件の全貌を摑めないまま池松律子を起訴する事になる。お願いします。出張の許可を取り付けてください」

南川さんの表情は、硬いままだった。


東京地検立川支部に戻ってから、いつものように池松律子の取調べが始まった。

僕が律子に向かって言う。

「山之内一平さんにお会いしてきました」

「私の事、なんて言ってた？」

「残酷な女だと、そう言っていました」

「一平ちゃんは私の事、淫売ってはっきりそう言うの。心の中で思ってもけっして言わない事を、あの人はちゃんと言葉に出して言ってくれたの」

そう言って律子は、子供が内緒話をするように自分の口元に両手を当てて、小さな声で囁(ささや)いた。

「私の家貧乏だったから壁が薄くてね、父親が毎晩母や私に向かって言う『淫売女！』って怒鳴り声が近所中に聞こえてたの。だから、近所の悪ガキたちはいつも私の事、淫売淫売ってからかってきたの。言葉の意味なんかまともに知らなかったくせに」

「おいお前、インバイなんだろ」

学校からの帰り道、近所のガキ大将が道をふさいで私にそう言った。

ガキ大将の子分たちも、面白がって私を囲んで囃し立てる。

「インバイなんだからパンツ見せてみろよ」

「そうだよ。ホラ早くパンツ見せろよ」

パンツなんか見せるのは嫌だったけど、インバイって言われたら、なんだか分からないけど言う通りにしなくちゃいけないって思えてくる。

私は両手でスカートの裾を摑み、ゆっくり持ち上げた。

するとガキ大将がニヤニヤと笑いながら言った。

「お前、なんでも言う事聞くんだな」

私は泣きたいのを必死にこらえて立ちすくんでいた。

「律子になにしてるんだよ！」

「お前ら全員、ぶっ殺してやる！」

やっぱり来てくれた。

公平とヒメがものすごく怒った顔でこちらに向かって走ってくる。

二人の足元に砂ぼこりが舞い上がる。

このあいだ紙芝居で見た月光仮面にそっくりだった。

ガキ大将たちは公平とヒメの姿を見かけた途端、みんな逃げだしていった。

公平が私に、珍しく怒った顔で言った。

「あんなヤツラの言う事聞くな。どうしてなんでも言う事聞くんだよ」

私は俯きながら言った。

「だって、私はインバイだから」

「お前は、インバイなんかじゃない！」

公平が私の右手を強く握りしめて言った。

「私は、生まれてきちゃいけない子だから」

「そんな事誰が決めたんだよ」

ヒメが私の左手を強く摑んで言った。

私はまた、涙が溢れそうになるのを必死に我慢した。

「お母さんがそう言ってた。私がお母さんの子供に生まれてきたから、お母さんは不幸になったんだって」

「そんなの絶対に違う。生まれてきちゃいけない子供なんか、この世にはいない」

公平が今度は私の肩を摑み言った。

違うの。私だけは違うの。やっぱり生まれてきちゃいけなかったの。

だからお父さんが怒るんだよ。だからお母さんがいつも泣いてるの。

私は二人にそう言いたかったけど、口を開いたら大きな声で泣いてしまいそうで、それを言うのを我慢した。

「お前、頬っぺたから血が出てるぞ」

公平が私の頬っぺたをそっと撫でる。

「今のヤツラにやられたのか」

ヒメがそう聞いてきたから、私は首を横に振る。

「また、お父さんにやられたのか」

私は答える代わりに、自分の頬っぺたの傷を自分の手で触った。

「触るな。ばい菌入るぞ。家に来い。手当てしてやるから」

公平が私の手を引き走り出した。ヒメも一緒に走り出した。


家に着き公平が玄関の引き戸をガラリと開けた。

中の居間では公平のお父さんが三味線を弾いていた。

「どうしたんだ？　今日はやけに早いな」

おじさんがこちらに振り返ってそう言うと、公平が答えた。

「律子が怪我をしたんだ。父ちゃん、薬箱取ってくれ」

公平がそう言うと、おじさんが腰を上げて薬箱を持ってきてくれた。

「律っちゃん、こっちへおいで」

おじさんは私を大きな膝の上にのせてくれた。

「少し だけ沁みるけど、我慢しろよ」

そう言って、私の頬っぺたに赤チンを塗った。

「痛っ！」

私がそう言うと、おじさんは私の頬っぺたをフウフウしてくれた。

それを見ていた公平が、いきなり素っ頓狂な声を出して言った。

「あれ？　父ちゃんと律子、首の後ろの同じ所に痣がある」

「え？　どれどれ？」

ヒメが私とおじさんの首の後ろを交互に眺めて言った。

「あ、本当だ」

大好きなおじさんと一緒のところに痣があるなんて……。

私は嬉しくなっておじさんに言った。

「おじさん、私たちお揃いだね」

おじさんは困ったような顔をするだけで、なにも答えてはくれなかった。

そんなおじさんの様子に気づかない公平が私に話しかける。

「律子、その頬っぺたの傷。またお父さんにやられたんだろ？」

さっきお母さんに叩かれたことは、言えなかった。

私は黙って首を横に振る。

「ウソをつくな！」

ヒメが怒った口調で言った。

私は答える。

「ウソじゃない！　本当にお父さんじゃない」

おじさんが、悲しそうな顔で私に聞いた。

「だったら誰にやられたんだ。正直におじさんに教えてくれ」

いくら大好きなおじさんでも、絶対に言ってはいけないような気がして、私は下を向いて唇を強く結んだ。

その時、玄関の扉が開く音が聞こえた。お母さんだった。

「うちの律子来てますか？」

「キミさん。律っちゃん怪我してて、今手当てしてたところなんだよ」

公平がお母さんに怒りの目を向けて言った。

「また、おじさんがやったんだろ！」

お母さんは笑って答えた。

「違うわよ。これは自分で転んじゃったの。そうよね？　律子」

私は、黙って頷いた。

お母さんが言った。

「夕飯できたから帰るわよ」

「うん」

私がそう返事をすると、お母さんが私の手を引き玄関を出た。

公平の家を出る時おじさんが、お母さんと私の事を悲しそうな顔で見ていた。

おじさんも、何か悲しい事があったんだろうか。

元気づけてあげたいけど、そんな事をインバイの私がしたら、おじさんに迷惑がかかるかな？

そう思いながら、お母さんと手をつないで家まで歩いた。

律子がジッと黙って、取調室の窓から外を眺めている。

彼女は今、何を考えているんだろうか。

僕が以前夢で見た彼女の子供の頃の事だろうか。

それとも、君塚公平の事を思い出しているんだろうか……。

「一平ちゃんには妹がいたんだって」

ふいに律子が言った。

「小学校に上がる前に、川に落ちて死んじゃったの」

僕と南川さんは、黙って律子の話の続きを待った。

「あの人ね、たまにうなされてた。あかりー！　あかりー！　って叫びながら」

「あかりさんっていうのは、山之内さんの妹さんの名前なの？」

南川さんが、律子にそう尋ねる。

「一平ちゃんはずっと、自分が妹を殺したって思って生きてきたの。お母さんやお父さんにどんなに違うって言われても、頑なにそう思ってきたの」

そう言いながら律子は取調室の天井を見上げた。

それから僕の方に向き直り言った。

「一平ちゃんに結婚してくれって言われた時決めたの。いつかこの人が本当に耐えきれなくなったら一緒に死んであげようって。だけどあの人も、私の事なんか本当は必要じゃなかった」

「それで別れようと思ったの？」

律子は、南川さんの問いかけには答えずに言った。

「一平ちゃんのところにも私の居場所はなかった」

池松律子はずっと、自分の居場所を探していたんだろうか。

自分のいるべき場所を、子供の頃からずっと探していたんだろうか。

どんなに不安だった事だろう。

助けてくれるべき大人がいない中で、小さな女の子がどれだけ傷つき生きてきた事だろう。


姉ちゃん。姉ちゃんもきっと不安の中で生きてきたんだね？

幼い俺を抱えて一生懸命育てて、挙句の果ては娼婦までやって俺を検事にして、やっと小さな居場所を見つけたのに、でもそこは安全な場所ではなかった。

……どんなに絶望した事だろう。

姉ちゃんごめん。何にも気づいてやれなくてごめん。

ずっとずっと不安の中で生きてきたんだもんな。

姉ちゃんと同じ思いを池松律子にさせるわけにはいかない。


調書から見えてくるものは、もうない。

池松律子が肌で感じていた匂いを、空気を確かに感じなければ、この事件は本当の意味で解決しない。

誰になんと言われようと津軽へ行く。
僕はその時、硬く決心した。

柔らかな女１

津田口亮介

「昨日まで、三世寺に行っていました」

取調室でそう言うと、今まで俯いて爪をいじっていた律子が驚いた顔で僕を見上げた。

「あなたの生まれ故郷、青森県弘前市三世寺です」

律子は黙って、僕を見つめている。

「あなたのかつての実家近くの神社、神明宮にも行ってきました。あなたたち三人の隠れ家があったところです」

「どうして……」

小さな声で、律子がそう言った。

「池松律子の過去を、きちんとこの目で見たかったからです」

僕の津軽への出張は、地検の中でも大きな問題になっていたようだ。

今日の取調べの前に、南川さんからそっと耳打ちされた。

「木田支部長に言われちゃったのよ。私がわざと支部長のいない隙を狙って、あなたの出張の許可をもらいにいったんじゃないかって」

南川さんに申し訳ない気持ちで一杯になった。

「単なる偶然ですってとぼけてやったんだけど、ちょっと困ったことになってね」

南川さんが眉間に皺を寄せながら話を続ける。

「あなたが池松律子の事件ばかりやっているせいで、他の検事があなたの分まで仕事をしているのに、のうのうと津軽に出張なんておかしいって、支部全体があなたの行動を問題視するようになっているって、木田支部長がそう言ったの」

僕は黙って南川さんの話を聞いていた。

「それとね、ここから先が一番大きな問題で……」

南川さんが言いにくそうに口を開く。

「このままだと津田口検事の未来に大いに傷がつくって、そう言われちゃったのよ」

「すべては僕のせいです。どうしても津軽に行かないとこの事件の本質が見えないような気がして……。申し訳ありませんでした。南川さんにご迷惑のかからないように、僕から木田支部長に話しておきます」

僕が頭を下げながらそう言うと、南川さんが小さなため息をついて言った。

「津田口検事」

「はい」

「勾留期限が迫ってる中、どうして私があなたの希望通り、出張の許可をもらいにいったか分かる？」

僕は黙って、南川さんの次の言葉を待った。

「あなたにこの事件の事。いいえ、池松律子の事を冷静に考える時間を作ってあげたかったから」

冷静に、考えたつもりだ。

その中で判断して、どうしても津軽に行かなければならないと思ったから時間がないなか行ってきたんだ。

津軽の空気を吸わなければ池松律子の本質には近づけないと思ったから。

弘前からレンタカーを借りて三世寺まで行った。

リンゴ畑がたくさんあって、そこから見える岩木山は本当に美しかった。

僕は車から降りてリンゴ畑を一人歩いた。いつかの夢の中に出てきた律子のように。

当時の律子の、苦しくて切なくて不安定な気持ちをかみしめながら。

強い風が吹いてくる。

その風の音が、律子の言葉にならない声のような気がした。

次に僕は津軽警察署を目指した。村上刑事に会うためだ。

断られることを覚悟で、村上刑事に電話で当時の律子の関係者と会いたいので同行してほしいと頼んだ。

意外にも、あっさりと承諾してくれた。

津軽署の待合室で待っていると、村上刑事がドアを開けのっそり部屋に入ってきた。

「時間がないんだろ。行くぞ」

そうひとこと言うと、とっとと部屋を出ていった。

僕は小走りになりながら村上刑事を追いかけて尋ねた。

「まず、どなたに会わせていただけるんですか？」

「最初はうちの親父だよ。『池松喜平一座』で手踊りをやっていた村上松夫」

僕は村上の車に乗り込んで彼の実家を目指した。

村上の実家は、三世寺から少し離れた県営住宅だった。

玄関を開けると、村上の母親が人の良さそうな顔をして居間に案内してくれた。

僕たちにお茶を出してくれながら村上の母が言った。

「律っちゃんが生まれた時から知ってるの。凄く美人さんでね、近所でも評判だったのよ。元気にしてるの？　差し入れとかできるのかしら。私ね、律っちゃんに食べてもらおうと思っておはぎ作ったの。帰りに持ってかえってくれないかしら？」

するとと村上が、全く愛想のない声で言った。

「母ちゃん。そんな差し入れできるわけないだろ。よく考えろよ」

「だって、律っちゃんは私の作ったおはぎが大好きだったから……」

「もういいから、あっちに行ってろよ」

そう村上が言うと、母親は残念そうな顔をしながら改めて僕に向き直って言った。

「律っちゃんは子供の頃から心の優しい子だったんです。公平君を殺したなんてきっと何かの間違いです。お願いです。あの子を何とか救ってやってください」

なんと答えていいか分からず黙っていると、村上が言った。

「この男は検事。律子を起訴する側の人間にそんな事頼んだって駄目なんだよ。いいから早くあっちに行って。この検事さんは親父の話を聞きにきたんだから」

その時、居間の襖（ふすま）が開いた。

そこに立っていたのは村上の父、松夫だった。

「お前はあっちへ行ってなさい」

松夫が静かにそう言うと、村上の母は悲しそうな顔をして居間を去っていった。

僕は名刺を差し出しながら松夫に挨拶をした。

「池松律子の事件を担当している検事の津田口と申します。今日はお時間を取っていただきありがとうございます」

「それで、あんたが聞きたいのは喜平さんの事なんだって？」

村上とそっくりな目で僕を見つめて、松夫がそう言った。

「はい。池松律子の父親が若い頃どんな人間だったのか、それをお聞きしたくて」

僕がそう言うと、松夫がゆっくりと言葉を選びながら話し始めた。

「激しい男でした。瞽女の子供に生まれて差別されて、地獄みたいな貧乏を味わったから、そこから這い上がろうと必死でした」

僕は黙って頷く。

「だけどその分、あいつは唄に命をかけていた。喜平の唄と隼吾の三味線と俺の手踊り。俺たちは最強の一座だった。今でも思い出すとゾクっとするよ。俺たち一座を見た時の、あの観客たちの熱狂ぶり」

そう言いながら松夫が上を見る。

その目線の先には、一枚の古い写真があった。

よく見ると『池松喜平一座』と書かれている大きな旗の前で、若い頃の喜平と隼吾と松夫の三人が、肩を組んで楽しそうに笑っていた。

「今、激しい男だと仰いましたが、そんな人と常に一緒にいたらご苦労も多かったんじゃないですか？」

僕がそう言うと、松夫が笑顔で答えた。

「才能のあるやつと一緒にいるという事はそういう事です。苦労なんかより、あいつと一緒に一座をやってるという喜びの方が大きかった。とにかく生で聞くあいつの唄は、本当に凄かったんですから」

「喜平さんは酒乱だったと、噂で聞きましたが……」

僕がそう尋ねると、松夫が再び楽しそうに答えた。

「そうそう。酒飲むといつも大暴れしてました。俺もあいつに何度迷惑かけられたか分からない」

村上松夫に一番聞きたかった事を尋ねる。

「池松律子の父親は、自分の妻のキミさんに日常的に暴力を振るっていたという話を聞きました」

松夫の顔が曇っていくのがハッキリと分かった。

「当時、池松家の近所に住んでいた住人が何人もそう証言しています」

松夫が目の前にあった湯飲みを手に取る。その手が微かに震えて見えた。

「それまでは酒を飲んで暴れることはあっても、女性に手を出すような人間ではなかったのに、どうして急に暴力を振るうようになったのか不思議だったと、そう話している人もいました」

僕がそう言うと、松夫が苦しそうな顔をして言った。

「東京の偉い方に、わざわざこんなむさくるしいところまで来ていただいて申し訳ありませんが、その話は私の口からは言いたくありません」

「どうして、言いたくないんですか？」

「俺と喜平は仕事仲間だっただけです。だから詳しいことは何も知りませんから」

「でも当時は同じ長屋に住んでいましたよね？　さっきだってあんなに楽しそうに喜平さんの話をしていた。だったらそれなりの事情は分かっていらっしゃるんじゃないですか？」

眉間に皺を寄せて、押し黙る松夫。

「池松律子が生まれた事で、妻のキミさんに暴力を振るうようになった。それには何か大きな理由があったはずですよね」

　村上の深いため息が聞こえてくる。僕は松夫の目をまっすぐに見つめながら言った。

「教えてください」

　長い沈黙のあと、松夫が静かに言った。

「帰ってください」

「え？」

「お願いですから帰ってください」

　そう言って松夫が僕に深々と頭を下げた。

　沈黙が、再び部屋の空気を重くする。

　僕はなんとか真実を聞きだそうと松夫に尋ねた。

「村上さん、どうして喜平さんはキミさんに暴力を振るっていたんですか？　教えてください！」

「これだから東京の偉い検事様は使えねえんだよ」

　怒鳴るような大声でそう言ったのは、今までずっと黙っていた村上だった。

「そんな杓子定規（しゃくしじょうぎ）な聞き方で、田舎者の河原乞食がエリートのお前に本当の事を話すわけねえだろ」

その言い方にカチンときた僕は、村上に向かって言った。

「今、あなた自身のコンプレックスの話を聞いてる場合じゃないんです。お父さん、お願いします。もう時間がないんです」

村上が再び押し黙った代わりに、松夫が口を開いた。

「気を悪くされたのなら謝ります。でも、これから町内会の会合があるのを忘れてて……」

そう言いながら松夫が立ち上がる。

「すみません、出かけてきます」

そう言って、さっさと家を出ていってしまった。

「ちょっと待ってください」

慌てて追いかけようとする僕に村上が言った。

「追いかけたって時間の無駄だ。これ以上親父は何も喋らない」

「でも……」

「俺たちも次に行くぞ」

「次って、どこへ行くんですか」

「公平の親父のところだ」

村上はそう言いながら自分の上着を手に取り、庭に止めてあった車に乗り込んだ。

僕も慌てて追いかけて、車の助手席に座る。車のエンジンをかけながら村上が言った。

「公平の親父は嫁さんをだいぶ前に亡くしてるんだ。一人息子の公平もあんなことになって、今じゃ誰にも面倒を見てもらえない孤独な老人だよ」

それから村上はむっつり黙ってしまった。

三十分ほど車を走らせて到着した先は、津軽のはずれにある粗末な老人ホームだった。

柔らかな女2

君塚隼吾

昼飯が済むと俺はいつも、養老院の職員に屋上に連れてきてもらう。

ここで一人で三味線を弾くために。

風にあおられ真っ白いシーツが何枚もたなびいている。

津軽の荒い波のように、激しく、強く。


俺はいつも、ここであいつの事を考える。

律子が公平を殺したと聞いたあの日から、俺は繰り返し考える。

池松喜平という男の事を……。


喜平の母親は瞽女だった。名をシズと言ったそうだ。

喜平から聞いた話によると、母親のシズは生まれてすぐに白内障を患い失明。

自分たちが死んだ後の娘の将来を案じたシズの父親が、赤ん坊のシズを泣く泣く瞽女の親方のところに預けて、そのまま瞽女にしたらしい。

瞽女は村から村へと流れていき家々の玄関に立ち、唄や三味線を披露しながら対価として米や野菜、わずかな金銭を貰って食いつないでいた。

当時はそれを「門付け」と言った。

彼女らは主に東北、北陸地方などを中心に歩いて回っていた。

盲目の女性が、その雪深い長い距離を危険を避けながら移動するには、必ず仲間が必要であった。

瞽女同士、身を寄せ合いながら歩くのだ。

だから瞽女が、その親方や仲間に見放されることは、死を意味するのに近かったそうだ。

けれどシズはある日、親方から破門を言い渡されてしまう。

一門の厳しい掟を破ったのだ。

シズが恋をし子供を孕んだ。その子供が喜平だった。

当時の瞽女は生きていくために仕方なく春をひさぐ事もあったそうだが、それでも恋愛はご法度だった。

女同士で生きていくという事は、そういうことだったんだろう。

その後相手の男にも捨てられ、親方からも破門されてしまったシズは、乳飲み子の喜平を抱えてはなれ瞽女となってしまった。

それからの何年間かをどんな生活をしていたか、喜平は多くを語らなかった。

けれど想像を絶する過酷な毎日であった事は、俺にだって理解できた。

俺と喜平が出会ったのは、俺たちがちょうど十三歳になった時だった。

俺は三世寺の農家の六男坊として生まれたため、十二歳の時に分家され、小作人として毎日地べたを這いつくばって暮らしていた。

そんな時、喜平とその母シズが俺たちの村に流れ着いてきたのだ。

はなれ瞽女の親子として村で門付けしているうちに、長い間の苦労が祟ったのだろう。シズが流行りの風邪で二日寝込んで、あっけなくこの世を去った。

残された喜平は他に行く当てなどなく、村に残って俺と同じ小作人として働くようになった。

俺と喜平は歳が同じという事もありすぐに仲良くなった。

喜平はとても心の優しい男だった。

地獄のような苦しみを味わってきたはずなのに、誰に対してもウソのない、正直な男だった。

喜平は村の多くの人間に、掟を破ったはなれ瞽女の子供、河原乞食の息子と蔑まれていたけれど、あいつは何も言い返さずただ黙々と働いていた。

でも俺だけは分かっていた。

喜平の背中が激しい怒りでとぐろを巻いていることを。

俺と喜平が十五歳の時、地主の元に津軽三味線を弾く旅芸人の男がやってきた。

娯楽のない当時作業を効率よく行わせるために、小作人に楽しみを与えるために、どこの地主も閑散期には芸人を自宅に招いていた。

その中の一人がその三味線弾きだった。

しかもその年豊作だったのも手伝って、地主のはからいで小作人は無料で三味線を教えてもらえることになった。

俺は元々芸事が好きですぐにその話に飛びついた。そしていの一番に喜平を誘った。

でも喜平はすぐには首を縦に振らなかった。

母親のシズと旅をして回った記憶が蘇ったからだろう。

けれど俺は、強引に喜平を誘った。

俺には分かっていた。

喜平という男は、芸事と切っても切れない人間だという事を。

地主のところに習いにいった最初の日、久しぶりに三味線を持った喜平の顔を、俺は未だに忘れられない。

あいつは三味線を見つめながら、少し涙ぐんで、それから小さく笑った。

その日から俺と喜平は暇さえあれば三味線を練習した。

喜平と競い合う事が楽しくて仕方なかった。

その頃から喜平は言っていた。

いつか二人で民謡の一座を組み天下を取ってやろうと。俺とお前なら必ずできると。

俺は最初は反対した。素人の三味線なんかで食っていけるはずがない。

小作人として生きていければ十分じゃないかと。

けれどその時、喜平が初めて燃えるような目をして俺に言った。

「俺はどうしても、このままで終わるわけにはいかないんだ」

それからは、二人で一緒の夢を見た。

未来のためにと、近所に祝い事があれば二人で出かけていって無償で三味線を弾いた。

祭りがあると聞けばどこにでも喜んで飛んでいった。

そのうち、俺と喜平の三味線が上手いと津軽中で評判になった。

……いや、違う。

その頃から、どうしてだか分からないが俺の三味線だけが評判になり、やがて俺は、周りから天才三味線弾きと呼ばれるようになった。

喜平はそんな俺に、嫉妬している様子を全く見せなかった。

それどころか、俺の事を喜んでさえくれているように見えた。

けれど本当の胸の内は違っていたんだろう。

その頃から、段々と三味線の稽古には来なくなった。

そしてある日、噂で聞いた。

喜平は隣の村まで唄を習いにいっていると。

それからしばらくたったある夜。俺は喜平に突然呼び出された。

待ち合わせの場所まで行くと喜平が待っていた。

暗闇の中でも、あいつの目が異様に光っていたのを今でもよく覚えている。

「俺、民謡歌手になる」

そう言った喜平の顔は、自信に満ちた男の顔だった。

俺はそんな喜平に少しだけたじろぎながら言った。

「三味線はどうするんだよ。ここまで必死にやってきたのに」

「残酷な事言うな。お前みたいな天才がいて続けていけるわけないじゃないか」

「それはお前が勝手に思ってる事で、世間はそんな風に……」

「思ってるよ。音色を聞けば誰だって分かる」

「お前は三味線から離れられるのか？」

そう聞くと喜平が初めて、俺に向かって怒鳴るような声で言った。

「天下を取れなきゃ意味がないんだよ。見返してやるんだ、世間の奴らを！　瞽女の子供だって、河原乞食だってバカにしてきた奴らを！」

喜平は今までこんな苦しい思いを一人で抱えてきたのか。

そう思ったら俺の胸はどんどん痛くなった。

すると喜平が、今度は低く唸るような声で言った。

「一瞬だって忘れた事がない。俺とお袋を見下すあの目を」

俺は喜平にかけてやれる言葉を必死に探していた。

「まだ誰にも言ってないんだけど、新聞社の大会で入賞したんだ。次の大会で優勝すれば、俺は唄い手として保障される」

俺の沈黙などお構いなしに、喜平が話を続ける。

「そしたら俺の唄にはお前の三味線が必要になる。頼む。俺の唄付けをやってくれないか？」

喜平、すまなかった。

お前がどんなに苦しい気持ちで暮らしてきたのか、俺は少しも分かっていなかった。

「他の座員も決めてあるんだ。隣町にいる手踊りの村上松夫って知ってるだろ？　あいつにも声をかけてみようって思ってるんだ。それから尺八は北町の辰次。それから、それから……」

喜平がついさっきとは真逆の顔で、心から楽しそうにそう言った。

けれどその顔とは裏腹に、あいつの目から涙が流れ落ちていた。

その涙を拭いもせず、喜平は俺の手を強く握って言った。

「約束する。俺は必ず民謡歌手として天下を取る」

月の光が、喜平の涙に反射してキラキラと光っていた。

俺の心はその時決まった。

どんなことをしてもこいつの夢を、俺が叶えてやると。

「君塚さん、ご面会の方が見えてますよ」

養老院の職員が、俺にそう声をかけてきた。

振り返ると二人の男が立っていた。

一人は見覚えがあった。もう一人は、全く知らない男だった。

見覚えのある男が俺に話しかけてきた。

「おじさん分かる？　ヒメだよ。手踊りの村上松夫の息子の姫昌」

そうだ。この額の傷。

まさに松ちゃんのとこの息子の姫昌だ。

「久しぶりだなあ。元気でやってるのか」

懐かしさもあってそう声をかけると、姫昌が上手くもない愛想笑いで言った。

「おじさんも元気そうだな」

「俺のどこを見てそんな事言ってんだよ。お前もお世辞がうまくなったな」

俺がそう言うと、もう一人の見知らぬ男が頭を下げた。

「この人は？」

そう姫昌に尋ねると、見知らぬ男が言った。

「初めまして。検事の津田口と申します」

「検事？」

俺が再びそう尋ねると、津田口とかいう男が答えた。

「池松律子の事でお話を伺いにきました」

律子の事で？　検事が？

俺が黙っているのを耳が遠くなっていると勘違いしたのか、今度は俺の耳元で大声で言った。

「君塚さん、僕はあなたの息子さんの事件を調べにきたんです」

「うるさい！　耳なんか遠くない！」

俺は思わずそう怒鳴った。

今さら俺の話を聞きにきて何をしようというんだ。

俺を一人にさせてくれ。お願いだから静かに死なせてくれ。

俺は津田口を睨みつけて言った。

「今さらお前らに話して何になるんだ！　公平は戻ってくるのか？　律子は牢屋から出してもらえるのか？　そうじゃないだろ」

津田口が黙って俺を見つめている。

「なあ、そうじゃないだろって聞いてんだよ」

俺がそう怒鳴りつけると、津田口が口を開いた。

「池松律子を救う方法があると思うんです。もちろん罪は償わなくてはいけません。でも、真実を表に出して、彼女の抱えてきた苦しい想いを少しでも軽くしたいんです」

「もういい。そんな話はたくさんだ。帰れ！　お前らの話は聞きたくない！」

俺は車いすを自分の手で回し屋上の出口へと向かった。

その背中に、銃弾を放ったような声で姫昌が言った。

「また逃げるのか！　あんたらがそうやって逃げ回って、見ないふりしてきたからこんな事になったんじゃねえのかよ！」

俺は何かに縛られたように、その場から動けなくなった。

「律子は、公平は、あんたらが片付けなかった重い荷物を背負わされて、だからあんなに苦しんでるんだろ！　違うのかよ」

背中が、痛い。

「俺はちゃんと見てきたぞ。この目で。あんたらの卑怯なやり方を」

喜平の唄声が、遠くで微かに聞こえたような気がした。

姫昌が憎しみのこもった声で話を続ける。

「だから律子は、俺たちは、いつまで経っても嫉妬と妬みの芸人根性から抜け出せないんだよ。全部、お前らのせいだ！」

今ハッキリと、喜平の唄声が俺の耳元で鳴り響く。

〽アー　お国自慢のじょんがら節よ
　　若い衆唄えばあるじの囃子
　　むすめ躍れば稲穂も踊る～

　バシン！

　楽屋に戻ってきた喜平が突然俺を殴った。

「やめろって」

　手踊りの松夫が慌てて喜平を止める。

「やめろってなんだよ。唄い手に向かって踊り手ごときがやめろってどういう事だ！」

「口より先に手が出るのは、あんたの悪い癖だ」

「口で言ったって分かんねえから手が出るんだろうがよ。なあ、そうだよな三味線さん！」

　再び喜平が俺に向かってこようとする。息子の公平が俺をかばおうと喜平の足に必死にしがみつく。

「父ちゃんになにするんだよ！」

　俺はそんな公平を止めながら言った。

「公平やめろ。松ちゃんもいいんだよ、俺が悪いんだから」

「そうだよなあ。お前のクソ三味線のせいで俺の唄が台無しになったんだから。殴られたってしょうがねえよなあ」

喜平が再び、獲物を見つけた目で俺に向かってくる。

「すまない」

俺はそう言って頭を下げた。

「これだから若い頃チヤホヤされた男はダメだって言ってるんだよ」

喜平は俺の髪の毛を鷲摑み、ニヤニヤ笑って話を続ける。

「なあ、頼みますよ三味線さん。あんたが天才三味線弾きって呼ばれたのはもう昔の話。今は俺の唄のおかげでおまんま食っててんだからさあ」

「……その、通りだ」

俺は返す言葉もなく、そう答えた。

「分かってんならちゃんと唄付けしてくださいよ。足を引っ張らないでくださいよ。お願いしますよ、三味線さん」

喜平が楽屋を出ていった。

公平が悲しそうな顔で俺を見上げた。

そんな悲しそうな顔をするな。悪いのは俺なんだから。

喜平をあんな風にしてしまったのは、俺のせいなんだから……。

「喜平は俺の事を憎んでいた。だけどあいつは分かってた。俺の三味線じゃないとあいつの思う通りには唄えないって」

俺は背中を向けながら二人にそう言った。

すると津田口が強い口調で俺に尋ねた。

「だったらあなたは？　そんなに虐げられてまで『池松喜平一座』にしがみつかなくても良かったんじゃないですか？」

虐げられていたんじゃない。

俺と喜平はもう、離れられなかったんだ。

「他に理由があった。だから喜平さんのそばを離れられなかった。違いますか？」

津田口がそう言いながら俺の前に回り込み、ジッと俺の目を見つめた。

「池松律子の本当の父親は、あなたですね？」

「…………」

あの日は雨が降っていたんだ。俺は珍しく酒を飲んでいた。

そしたら夜遅くに突然雨が降り出して、雨漏りがするので俺は慌てて洗面器を並べていた。

台所と廊下に雨漏り用の洗面器を並べていると、玄関から戸を叩く音がした。

あの日は、女房が公平を産むために隣村の実家に帰っていて俺一人だった。

こんな夜更けに誰だろうと不思議に思いながら戸を開けると、喜平の女房のキミが一升瓶を抱えながらびしょ濡れで立っていた。

俺は驚いて声をかけた。

「キミさん、こんな夜中にどうしたの」

キミも酒に酔っているのか、トロンとした目つきで言った。

「喜平がね、帰ってこないのよ。きっとまた飲んだくれてどこかで暴れてるはず」

喜平はその頃から民謡歌手として多少は金が入るようになり、元々好きだった酒を飲み歩きはじめた頃だった。

「キミさん。酒飲んでるのか？」

「亭主が好きなだけ飲んでるんだもん。私だって飲まなきゃやってられないわよ」

キミがそう言いながら、家のちゃぶ台にのっている酒を見つけて言った。

「珍しい。隼吾さんも飲んでたの？　じゃあ一緒に飲もう」

そう言いながら強引に家の中へ入ってこようとする。

俺は慌てて言った。

「ちょっと待って。今女房が実家に帰ってるんだ。知ってるだろ？　な、外で話を聞くから」

「こんな土砂降りの中、どこに行けばいいのよ」

キミが大きな声でそう言った。

「分かった、分かったから落ち着いて。今水を持ってきてやるから」

俺が宥めるようにそう言うと、キミが突然俺の手を握って言った。

「私、寂しいの」

キミの唇が濡れていた。

俺は握られた手を慌てて離しながら言った。

「喜平は頑張ってるじゃないか。あいつは今や津軽一の民謡歌手だ」

「女房にこんなに寂しい思いさせて、何が津軽一の民謡歌手よ」

キミの気持ちも分かる。

でも喜平だってやっと自分の力でここまで這い上がってきたんだから、今だけでもその幸せをかみしめてほしい。

俺がそんな事を考えていると、再びキミが意味ありげな目で俺を見ながら言った。

「それに私ちゃんと知ってるんだから。喜平の唄は隼吾さんの三味線があったから売れたんだって」

そう言いながら、今度は俺の小指を弄(もてあそ)び始めた。

「それはお互い様だよ」

キミの手を振り払おうと頭では思っているのに、どうしても手が動かない。

この女も、寂しい女なんだ。

「喜平はあんたしか見てないの。あんたが羨ましい。あんたたちの関係が妬ましい」

「指を、離してくれ」

俺の声が聞こえていないかのように、キミが話を続ける。

「今夜だけでいいから、私をあんたたちの仲間に入れて……」

キミの顔がどんどん俺に近づいてくる。

俺は力を振り絞ってキミの肩を押して遠ざけた。

するとキミが急に泣き出した。

「喜平を返してよ」

細い腕で俺の胸を何度も殴った。

俺はそれを止めようとして、キミの腕をつかんだ。
その瞬間、キミは俺の手からするりと抜け出し、自分の唇を俺の唇に押し付けた。
「寂しくてたまらないのよ」
気がつくと俺は、泣きじゃくっているキミの身体を強く抱きしめていた。
キミは、寂しい女だった。
弱い女だった。
一人では生きていけない女だった。
そして俺は、ゴミくずよりも薄汚い男だった。
それは今も、変わらない。
翌日目が覚めたら、キミはもういなかった。
俺が慌てて外へ出ると、キミが自分の家で洗濯物を干していた。
どう話しかけていいか迷っていると、キミが屈託のない顔で俺に声をかけてきた。
「隼吾さんおはよう。早いのね」
俺はやっとの思いで挨拶を返した。
「おはよう」
するとキミが俺に近寄り言った。

「ゆうべの事は墓場まで持っていくから」

「キミ〜、キミ〜。水くれ〜。吐きそうだ」

家の中から喜平の甘えた声が聞こえてきた。

「朝方帰ってきてね、ずっとあの調子なのよ。もう、イヤになっちゃう」

そう言いながら、嬉しそうに家の中へ入っていった。


その翌年の冬。俺たち『池松喜平一座』は北海道に巡業していた。

その頃キミは出産間近で、喜平は子供が生まれるのを今か今かと楽しみに待っていた。

喜平は言っていた。これでやっと普通の家族ができると。

自分の子供は絶対に芸人なんかにさせない。お堅い商売をやらせるんだと、その巡業中は珍しく酒も飲まずにそんな話ばかりをしていた。

津軽に戻ると、すぐにキミが女の子を産んだと聞いた。

喜平は慌てた様子で俺に言ってきた。

「隼吾、頼む。一緒に病院に付いていってくれよ」

「何言ってんだよ。初めて家族三人で会うんだぞ。一人で行ってこい。キミさんだってそれが一番嬉しいよ」

「だってよ俺、泣いちゃうかもしれないだろ。そんなのキミに見られたら恥ずかしいじゃないか」

「泣いたっていいんだよ。自分の子供が生まれたんだから恥ずかしい事があるもんか」

俺がそう言うと、喜平がなおも懇願してきた。

「頼むから一緒に行ってくれ。そんで俺が泣きそうになったら尻をつねってくれ。頼むよ、俺とお前は親友だろ」

結局喜平に押し切られる形で仕方なく、俺はキミさんがいる病院まで一緒に付いていった。

病院に着くまでは何とか冷静さを保っていた喜平だったが、一歩中に入るともうダメだった。

廊下を走り、大声で言った。

「キミ〜、キミ〜、池松キミの部屋はどこですか〜？」

「ここは病院ですよ。静かにしてください」

看護婦さんに怒られた。喜平は何度も頭を下げて、キミの病室を訪ねた。

看護婦さんが笑いを堪えながら指さした部屋は、喜平の立っている目の前の部屋だった。

喜平は慌ててその部屋のドアを開けると、満面の笑みを浮かべてキミに言った。

「キミ、よくやった。元気な女の子だってな」

キミが嬉しそうに頷く。

「うん」

「名前はもう決めてあるんだ。律する子と書いて律子。どうだ、学者様みたいな名前だろ」

「ねえ、抱いてやってよ」

キミがそう言うと、喜平が真っ赤な顔をして怒った。

「バカ！　俺みたいなでかい手で抱いたら赤ん坊が死んじゃうだろ！　乱暴な事言うな！」

キミはくすくす笑いながら言った。

「あんたの娘はそんなにヤワじゃありませんよ。ホラ、こうやって首をちゃんと押さえて、優しく抱けば大丈夫だから」

キミが強引に生まれたばかりの赤ん坊を喜平に手渡した。

「お前、やめろ、そんな強引に。あ、ほら、ふにゃふにゃで……」

恐る恐る不器用な手つきで、けれど世界で一番の宝物のように優しく抱いた。

こんな優しい喜平の顔を、俺は今まで見たことがなかった。

二人の様子を見ながら俺が涙ぐんでいると、喜平が突然赤ん坊を天井高く持ち上げ、その小さな身体に自分の顔をうずめて、力いっぱい息を吸った。

「赤ん坊って、いい匂いがするんだな」

そう言いながら喜平が泣いた。

空に響き渡るような大声で泣いた。

病院中の人たちが何事かと部屋を覗きに来たけれど、理由が分かるとみんな笑顔になって戻っていった。

喜平はもう、自分が泣いていることを隠そうとせずキミに向かって言った。

「俺に家族を作ってくれてありがとう。俺は死ぬまで、お前と律子を大切にする」

そう言いながら、喜平は何度も何度も頷いた。

「なあキミ。律子は将来学校の先生にするんだ。河原乞食は俺の代でおしまいだ」

キミも泣いていた。

優しくて暖かな空気が部屋を満たしていた。

喜平にとって、おそらく生涯で初めての安らかな時間だったことだろう。

喜平がチラリと俺の顔を見た。

急に恥ずかしくなったのか、わざと仏頂面の顔をしてキミに言った。

「俺は仕事があるからな。もう帰るぞ」

そう言いながら、喜平が赤ん坊を優しくキミの手元に返した。

赤ん坊を受け取ったキミが自分の横に寝かそうとした時、赤ん坊の首の後ろが見えた。

喜平が言う。

「あれ？　こいつ首のこんなところに痣があるぞ」

キミが驚いた声で言った。

「え？」

その痣は、俺と同じところにあった。

俺と喜平は確かに親友だった。

かけがえのない生涯の仲間だった。

それを壊したのは、紛れもなく俺だった。

「律子は確かに俺の子だ」

「やはり、そうだったんですね」

津田口が言う。

「だけど俺と喜平は、それでも離れられなかった」

「それは、どうしてですか？」

「喜平は俺の唄付けがなけりゃああそこまでの唄い手にならなかった。そしてそれを一番分かっていたのは喜平自身だ。だからあいつは、律子の本当の父親が俺だと分かっても死ぬまで俺を離さなかった」

「あなたはどうして『池松喜平一座』を離れなかったんですか？」

　津田口がそう尋ねる。

「俺も、あいつの唄でないと飯が食えなかった」

「それは嘘です。君塚さん、あなたの三味線の素晴らしさはあの当時の津軽中の人間が知っていました。どこの一座でも、あなたを引き抜こうとやっきになっていたと聞いています。もっと別の理由があったんじゃないですか？」

　律子を守りたかった。

　愛しい我が子を悲しませたくなかった。

　だから俺は、喜平に何をされようがあいつのそばを生涯離れないと、律子が生まれた日に決めたんだ。

「俺も喜平もキミさんも弱い人間だ。だから俺たちは離れられなかった。それだけだ」

　そして俺が作った業のせいで、律子一人を犠牲にした。

「あんたらが殺したんだ。公平を。律子の心を」

　姫昌が言葉で俺を刺す。

公平。律子。お前たちには明るい未来があったはずだった。

姫昌の言う通り、俺が目の前の現実から逃げなければ、お前らは別々に生きたとしても、楽しい未来があったはずだ。

俺を許さなくていい。でもお願いだから、強く生き抜いてほしい。

こんなことを願うのも、俺の傲慢（ごうまん）なんだと知っている。

でも願わずにはいられない。

俺はゆっくりと三味線を弾く。

俺と喜平の、夢にあふれていた頃の節を。

さっきと一つも変わらずに、真っ白なシーツが風にあおられ大きな波を作っていた。

強く、激しく。

柔らかな女3

津田口亮介

君塚隼吾が三味線を弾いている。

この痩せた老人のどこにそんな力が残っているのか不思議なぐらいに、まるで戦いを挑むように力強く弾いている。

そして、静かに泣いている。

「お世話になりました」

僕は津軽署の前で、村上に頭を下げながら言った。

「俺はもう、何もかも分からなくなった……」

村上が微かに笑ってそう言った。

「村上さん……」

「律子が憎い。それは今も変わらない。けど同じくらい……」

「愛おしい。そうですね」

僕は自分の口から出た言葉に自分で驚いた。どうしてこんなことを言ったんだろう。

ふと気づくと、村上が僕の目をジッと見つめている。

「……お前もか」

「何がですか？」

「お前も律子という泥沼にはまったんだな」

「ちょっと待ってください」

僕は慌てて村上の言葉を遮った。

村上がポケットからタバコを取り出して火をつける。

「お前、俺に初めて会った日に聞いてきただろ。律子をどんな女だと思うかって」

そうだ。旅館に訪ねていった時にそう聞いたんだ。

「……はい」

「お前は？」

「あの……」

「お前は律子を、どういう女だと思ってるんだよ」

僕はどう思っているんだろう。そんな事、今まで考えてもみなかった。

「答えろよ」

「柔らかな女。そう、思います」

僕の口からすんなりとこの言葉が出てきた。

「そうか……」

村上はそう言いながら、僕に背を向け警察署に入っていった。

村上の口から出たタバコの煙が、何か言いたげに空へ上っていった。

一人になった僕はまたレンタカーに乗り込み、来た道を戻っていた。

リンゴ畑が見えてくる。

今朝一人であの畑を歩いたことが、遠い昔の事のように思えてくる。

人間たちがどんなに運命に翻弄されても、岩木山とリンゴ畑はただずっとここにいて、みんなの悲しみを受け止めてきたんだろう。

そんな事を考えながら、しばらく僕はその場に立ちすくんでいた。

「昨日まで、三世寺に行っていました」

取調室でそう言うと、今まで俯いていた律子が驚いた顔で僕を見上げた。

「あなたの生まれ故郷、青森県弘前市三世寺です」

律子は黙っている。

「あなたのかつての実家近くの神社、神明宮にも行ってきました。あなたたち三人の隠れ家があったところです」

「どうして……」

小さな声で、律子が言った。

「池松律子の過去を、きちんとこの目で見たかったからです」

律子がジッと僕を見つめている。

「君塚公平氏の父親、隼吾さんに会ってきました」

表情一つ変えない律子。

「隼吾さんの口からはっきりと聞きました。あなたは確かに自分の子供だと」

「…………」

「あなたはそれを、いつ頃知ったんですか？」

律子が窓の外を見つめながら言った。

「あれはいつだったかな。その日もお父さんが暴れて、近所の人たちがたくさん集まってきて、そしたらお父さんが怒ってぷいってどっかに行っちゃって、お母さんが謝って、みんなが帰って……」

律子が饒舌にしゃべり出した。

「それで、最後まで心配そうに残ってくれた公平とヒメに、お母さんが言ったの」

「あんたたちがそうやって騒いで誰かに助けを求めたら、律子がもっと苦しむことになるのよ」

公平とヒメは何も言えずに俯いた。

「もう家へ帰りなさい」

お母さんがそう言うと、公平とヒメが肩を落として帰っていった。

玄関の扉を閉める時、ヒメが私の目を見て強く頷いた。

お父さんが暴れてめちゃくちゃにした居間を、お母さんが片付けだした。

「あんたも手伝いなさい」

そう言って私に雑巾を手渡した。

私は畳に染み付いた煮物の汁やお酒を雑巾で拭いた。

お母さんは割れた茶碗やコップを新聞紙にくるんでいた。何度もため息をつきながら。

私はお母さんのため息を聞きたくなくて、一生懸命ごしごしと畳を拭いた。

お母さんが割れた食器を台所に持っていき、戻ってくると言った。

「律子、ちょっとここに座んなさい」

汚れていない畳を指してお母さんが言った。

私は畳を拭く手を止めてお母さんの前に座った。

「今から言う話は、お母さんとあんただけの秘密」

お母さんがこれから何を言うのかは分からなかったけど、苦しそうにしていることだけはちゃんと分かった。

「あんたはね、お父さんの本当の子供じゃないの」

お母さんがハッキリとそう言った。

「それなのに育ててもらってるんだから、すこしくらい殴られたって我慢しなきゃダメなの。お母さんとあんたさえ我慢すれば、皆が上手くやっていけるんだから」

初めて聞いた話なのに私はとうの昔から知っていたような、そんな不思議な気持ちがしていた。

「それからね、もし、もしね、お母さんに何かあったら、公平君のお父さんを頼りなさい」

私は黙ってお母さんを見上げた。

「絶対に誰にも言っちゃいけないよ。あんたの本当のお父さんは、公平君のお父さんなの」

外から砂利を踏みつける音がした。

ふと窓の外を見ると、ヒメが驚いた顔をして立っていた。

私と目が合うと、慌てて去っていった。

お母さんはその事に、全く気づいていなかった。

次の日、学校から帰ると私は一人で隠れ家に行った。

ヒメが持ってきたエッチな本『星降る町』が隠れ家の隅に置いてあった。

一人で何もすることがなくて、その本を手に取った。それから夢中で最後まで読んだ。

本の中の主人公は美咲という女の子で私と同じ十三歳。

お父さんとお母さんが死んで親戚の家に引き取られるんだけど、そこでは毎日、親戚の叔父さんに殴られていた。

その家には男の子がいた。名前を耕太（こうた）と言った。

主人公の女の子の従兄妹にあたる幼馴染だ。

耕太は叔父さんの暴力からいつも必死でかばってくれていた。

美咲にとって、唯一の味方は耕太だけだった。

ある日美咲は、叔父さんに言われる。明日から働きに出ろと。

働き先は、綺麗な着物を着てお化粧をして美味しいものがいっぱい食べられる夜のお仕事だと。

美咲はそれがどういう所なのかもう知っていた。

そしてそこに行ったら、もう二度と耕太に会えなくなる事も。

ある日の深夜、美咲は耕太を納屋に呼び出して言った。

これは儀式なの。私が強くなるための。

美咲は自分の着物をそっと脱ぐ。

耕太は驚いていたが、やがて美咲の痩せた肩を優しく抱いた。


儀式。

私が強くなるための。

気が付くと、私は公平の家の前にいた。

公平が玄関から出てくると、私は耳元で公平に言った。

夜ご飯が終わったら、誰にも言わずに隠れ家まで来てほしいと。


その日の夜。ご飯を食べ終えると家からこっそり抜け出して、隠れ家で公平を待っていた。

三十分ほど待ったあと、公平がやってきた。

走ってここまで来たのか、息を切らしながら公平が言った。

「どうしたんだ？　またおじさんに殴られたのか？　俺とヒメで決めたんだ。これから俺たちが毎晩お前の家に見張りにいくって。だからもう安心だ。おじさんに殴られたら、俺とヒメが助けを呼んでやるから。お前んとこのおばさんに怒られたって俺たちはちっとも怖くない」

「もういいの。そんな事しないで」

私は殴られて当然なんだから。

お父さんは、本当の子供じゃない私を今まで育ててくれたんだから。

「なんでだよ！　お前の身体痣だらけじゃないか」

公平にそんな風に言われるとまた悲しくなる。大声で泣きたくなる。

だから私は、強くなりたい。

「私ね、強くなりたいの」

私が何を言っているのか分からない様子で、公平が私をジッと見つめる。

「何があっても悲しくならない、強い心が欲しいの」

そう言いながら、私は公平の前に本を差し出した。

私がさっき読み終えた『星降る町』を。

公平が驚いた顔で私に言った。

「お前、コレ読んだのか」

「私が強くなるための儀式。公平にしか頼めない」

「……何言ってんだよ」

「私は、強くなりたいの」

私はそう言いながら、本の主人公の真似をして自分の着ていた服を脱ぎだした。

きっと私の背中も美咲と同じで、痩せっぽちなんだろうなあって思いながら。


それからどれくらい時間が経ったのか分からない。

隠れ家の外から足音がした。

私と公平はつないでいた手を離して、急いで服を着ようとした。

その時、外から声がした。

「公平か？　律子の家の見張りの事だけど、早い方がいいから今日は俺が見張りをしてくるよ」

そう言いながら入ってきたのはヒメだった。

私は洋服で慌てて身体を隠した。

ヒメが驚いた顔で言った。

「お前ら何やってんだよ」

ヒメが公平に殴りかかろうとした。

私は慌てて『星降る町』をヒメに差し出した。

ヒメがそれを一目見て言った。

「こんなもの、ただの作り話じゃないか」

「私は強くなりたかったの。これは儀式なの！」

私がそう叫ぶと、ヒメが悲しそうな顔で押し黙った。

それから長い間、三人は一言も喋らなかった。

「俺、律子と結婚する」

公平がそう言った。

私は嬉しくて涙が出そうになった。

「自分たちの事、いくつだと思ってるんだよ」

ヒメが私と公平から目をそらしながら言う。

「中学出たら働く。律子と二人で誰も知らない場所に行って、絶対にこいつを幸せにする。律子、あと三年の辛抱だから。それまでは何があっても俺がお前を守るから」

私の生涯であんなに嬉しかったのは、あの日だけだった。

「結婚なんかできるわけないんだよ」

ヒメがそう叫ぶ。

私はその先の話を聞きたくなくて走って隠れ家を出た。

私が外に出ると、ヒメの怒鳴り声が聞こえてきた。

「お前らは兄妹なんだぞ！」

「何言ってんだよ。デタラメ言うな！」

「俺ゆうべ、律子の母ちゃんが話してるの聞いちゃったんだ。律子はお前の親父の子供なんだ」


取調室に座っている律子を見ながら僕は思った。

この人は何一つ悪くない。誰も傷つけてはいない。

ただ運命によってこの世に誕生してきただけだ。

この人が苦しい想いをする理由なんてどこにもない。

「僕は、あなたほど悲しい人を見たことがない」

気が付くと僕は泣いていた。

律子が優しく笑ったような気がした。

「検事。一度、外へ出ましょう」

南川さんが慌てた様子で、僕を取調室の前の廊下に連れ出した。

「あなたは検事なんですよ。分かっているんですか？」

南川さんが声を潜め、厳しくそう言った。

そこに、木田支部長が偶然通りかかった。

そして僕と南川さんを見るとこう言った。

「津田口検事、ちょうど良かった。正式に池松律子の事件の担当から外れてもらう事が決まりました」

太陽のような女1　津田口亮介

池松律子の担当から外された僕は、姉の容体があまりよくないと医師に告げられ、二日だけ休暇をもらい病院に詰めていた。

姉は変わらずベッドの上で静かに眠っている。

自分が生きている事などとうの昔に忘れたかのように。

夜遅くに急にコーヒーが飲みたくなって、病室を出て病院のロビーに向かった。

自動販売機の前に着くと、入り口から見慣れた人影が近づいてきた。

南川さんだった。

「何してるの？」

南川さんが僕にそう尋ねた。

「喉が渇いたので、コーヒーでも買おうかと思って」

「そう……」

そのまま南川さんが黙り込む。

「あの、どうしてここに」

僕がそう尋ねると、南川さんが答えた。

「ここに来れば会えるような気がしたから。あなた、自宅に電話しても出ないし……」

「すみません」

そう僕が謝ると、南川さんが笑って言った。

「私にも、コーヒーおごってよ」

僕は慌てて自動販売機に小銭を入れボタンを押した。

誰もいないロビーに、缶コーヒーが落ちてくる音だけが鳴り響く。

僕は南川さんに缶コーヒーを手渡しながら言った。

「もしよかったら、姉の病室にいらっしゃいませんか？」

南川さんは黙って頷き、僕のあとをついてきた。

「姉の、美奈子です」

眠ったままの姉を南川さんに紹介した。

南川さんは腰をかがめて、小さく頭を下げてからこう言った。

「初めまして、検察事務官の南川澄江と申します。今、弟さんと一緒に仕事をしています」

その口調は、意識のある人間に普通に話しかけているようだった。

南川さんが僕の方に向き直り言った。

「お姉さん、綺麗な方ね」

そう言った顔はとても柔和で、南川さんがどんなに気持ちの優しい人なのかを物語っていた。

そう僕が思っているのを見透かしたように、南川さんが憎まれ口をたたいた。

「あなたには全然似てないけど」

「南川さん、一言余計です」

南川さんが小さく笑った。

この人はとても照れ屋だ。そんな南川さんの事が昔から大好きだった。

検事になりたての頃、初めて一緒に仕事をした時に想像したことがある。

もしこの人が僕たち姉弟の母親だったら、姉の人生はきっと変わっていた事だろうと。

「お姉さん、事件が起こった日からずっとこのままなのよね?」

南川さんが僕にそう尋ねる。

「病院に担ぎ込まれた時、一度だけ意識が戻って、それ以来……」

「そう……」

「肺に水が溜まって、もう長くはないと言われています」

そう言うと、南川さんが改めて僕の方に向き直り言った。

「やっぱりロビーで話しましょう」

「いえ、ここで。姉にも聞いていてほしいので」

池松律子の件で南川さんがわざわざ病院に来てくれたことは分かっていた。

「そう。分かった」

南川さんはそう言いながら、ベッドの脇にあるパイプ椅子を自分の方に引き寄せてゆっくりと座った。

「木田支部長があなたの事すごく怒っているの」

南川さんの顔に疲労が見える。

きっと僕を庇(かば)って木田支部長と何度も話し合いをしてくれたんだろう。

僕はこの人の優しさに甘えていたんだ。

「私ね、今回の事があって、改めてあなたの身上書を読ませてもらったの」

押し黙る僕を見ながら、南川さんが話を続ける。

「あなたがまだ子供の頃にご両親に捨てられて、お姉さんの美奈子さんが必死に働いてあなたを大学まで出したそうね」

「……はい」

「昼間はお弁当屋さんで働いて。でも、それだけじゃ足らずに、夜の……」

南川さんが言葉を濁す。

「お気遣いいただかなくても大丈夫です。僕は姉がそういう仕事をしてくれたおかげで、検事になれたんですから」

「本当にその通り。私だって息子を一人で育ててきたから、お姉さんの気持ちは身に染みて分かる」

南川さんが何度も頷きながら話を続ける。

「そうね、あなたを検事にしたいっていうのはお姉さんの夢だったから、きっと後悔はしていないわね」

後悔はしていないと、思う。

けれど夜の仕事が原因で姉は自分の夫に首を絞められ、今こうしてベッドの上で眠っている。

複雑な思いを抱えて僕が黙っていると、南川さんが再び喋り出した。

「あなたとお姉さんの事を考えていて分かった事がある。あなたは、苦労して自分を育ててくれたお姉さんに恩返しがしたくても、今現在意識のないお姉さんの状況ではそれができない。だから池松律子を自分のお姉さんに重ねて、必要以上に執着して……」

それは違う！　絶対に。

　僕は検事として、真実を知りたいだけだ。

　自分の気持ちを抑えられずに、僕は声を荒らげて南川さんに言った。

「その話、前にもしましたよね？　僕は検事としての仕事を全うしているだけです」

　南川さんが強い口調で僕に言い返した。

「あなた何かを勘違いしてる。検事というのはあくまでも法の番人。自分の感情も抑えられない人間にできる仕事じゃないの」

　僕は南川さんの強い視線を受け止めて答えた。

「そんなつもりは一切ありません」

「だったらなぜ泣いたの？　取調室で。池松律子の前で」

「それは……」

　返す言葉が見つからなかった。

「このままだと、あなた本当にクビになるわよ」

　僕の視線が、自然と姉の寝ているベッドへと移っていった。

「お姉さんはきっと後悔はしていない。だけど彼女が自分を犠牲にしてきたことは事実でしょ。そのお姉さんの気持ち、ちゃんと考えてあげて」

その、通りだ。

姉は僕の犠牲になったんだ。

そして池松律子も、周りの大人たちの犠牲になった。

「帰るわね。コーヒーご馳走様」

そう言って、南川さんが病室を出ていった。


姉は僕を施設から引き取ったあと、必死になって弁当屋で働いていた。

だけどそれじゃあ僕を大学にまでやれなくて、街で身体を売っていた。

僕がその事を知ったのは偶然だった。

あれは大学の合格発表をもらってすぐの事だった。

高校の謝恩会で帰りが遅くなった僕と友達は、興味本位で近所の歓楽街を冷やかして歩いていた。

もう帰ろうとなって来た道を戻っていると、電信柱の下に、さっきまでいなかった若い女の人がポツンと一人で立っていた。

その人は地味な格好をして、大人たちが酒を飲んではしゃいでいるこの街にはそぐわない感じの人だった。

友達が僕に耳打ちした。

「あの人、お前の姉ちゃんじゃないか？」

最初から気が付いていた。

だけどなんだか妙な胸騒ぎがして声をかけられなかった。

「人違いだろ。腹減った。家に帰ろうぜ」

そう言って走って帰ろうとした瞬間、通りすがりの男に姉が声をかけるのが聞こえてきた。

「私とホテルに行ってくれませんか？」

僕は友達を引っ張って走って逃げた。

その場に、姉を残して……。


僕はバカだ。

少し考えれば分かりそうなものだった。

弁当屋とスナックの稼ぎだけで僕を大学に行かせられるはずがない。

塾にだって通った。姉と暮らしてから不自由な思いを一度だってしたことはなかった。

姉は弟の夢を叶えてやろうと必死になって働いた。身体まで売って……。

その後、姉に好きな人が現れて結婚した。

けれど売春していたことが知られてしまい……。

それから姉の結婚相手は、姉に暴力を振るうようになった。


翌日、南川さんから電話がかかってきた。

話の内容は、池松律子の事だった。


取調室で木田支部長が律子に言った。

「一つご報告があります。あなたの幼馴染の村上姫昌さんですが、検察に協力してくださいましていろいろと話してくれました。裁判になっても我々側の証人として出廷してくれると思います」

木田支部長が一拍おいて、再び律子に言う。

「これで取調べはほぼ終わりました。あなたを殺人罪で起訴します。最後に何か言っておきたいことはありますか？」

律子が突然顔を上げて、木田支部長に尋ねた。

「あの検事さん、どうしたの？」

木田支部長が答える。

「津田口検事の事ですか？」

律子がコクンと頷く。

「他の事件を担当してもらう事になりました」

「クビになったの？」

「いえ、単なる配置換えです」

「そう……」

「勾留期間はあと二日です。事件のことで何か付け加えて話したいことがあるなら、警察官に話してみてください」

何も言わず、黙って自分の手を見つめている律子。

「執行猶予は付かないでしょうから、結論は変わらないと思いますが」

そう言って木田支部長が立ち上がり最後に律子に言った。

「それでは、戻っていただいて結構です」

警察官に再び手錠をかけられる律子。

取調室から出ていこうとした瞬間、律子が振り返り言った。

「私なんかに同情しちゃって、バカみたいだね、あの検事さん」

南川さんからこの話を電話で聞いて、居ても立ってもいられなくなった僕は、東京の、村上が泊まっているという旅館に向かった。

旅館について部屋のドアを開けると、村上が寝ころびながらタバコを吸っていた。

僕を見て村上が言った。

「なんで俺がここに泊まってる事知ってんだよ」

「南川さんから聞きました」

「ババアっていうのは、なんでもかんでも喋るんだな」

村上はそう言いながら、のっそり起き上がった。

僕は村上の目の前に座り言った。

「あなた、木田支部長から聴取を受けていろいろ喋ったそうですね。法廷でも同じ話をすると約束したとか」

「だから？」

村上がニヤリと笑ってそう言った。

頭に血が上った僕は、思わず大声で言った。

「彼女が不利になるんですよ。分かってるんですか？」

「お前こそ自分の言ってる事が分かってるのか？　お前は律子を起訴する立場の検事だぞ」

「だからこそ真実が知りたいんです」

「真実、真実って、何度同じことを言えば気が済むんだよ！」

今度は村上が怒鳴った。

「それが僕の本当の気持ちだからです」

僕も負けじと大声で怒鳴り返した。

村上が吸っていたタバコの灰が畳に落ちる。僕は構わず話を続ける。

「過去の、津軽の火事は本当は誰がやったのか。池松律子は本当に保険金目当てで君塚公平を殺害したのか」

「お前は事件の真実を知りたいんじゃない。池松律子を知りたいだけだ」

低い声で、村上がそう言った。

「今はあなたにどう思われようと構わない。時間がないんです」

「これ以上、俺に何が聞きたいんだ」

「池松律子と君塚公平が異母兄妹だと、村上さんが知った時の事を教えてください」

村上が手に持っていたタバコを灰皿でもみ消し、やがてゆっくりとした口調で言った。

「律子の両親が火事で焼け死ぬ少し前。お袋さんが律子に話してたのを、偶然聞いた」

「絶対に誰にも言っちゃいけないよ。あんたの本当のお父さんは、公平君のお父さんなの」

「君塚公平はそのことを、いつ知ったんでしょうか」

「公平には俺が教えた。あいつが律子と結婚するなんて言い出したから。俺は嫉妬して本当の事を喋った」

「では二人が大人になって再会した時にはすでに、自分たちが兄妹であると分かっていたって事ですよね？　それなのに同棲を始めて、男女の関係になった……」

村上が再びタバコに火をつけ僕の目を見つめながら言った。

「男と女の関係になったのは、あいつらがガキの頃の一度きりだ」

「え？」

「俺は、そう思う」

「そんな……」

僕が驚いていると、村上が再びニヤリと笑って言った。

「もちろん、お前の大好きな真実ってやつは、あの二人にしか分からないけどな」

「村上さんはその事を、君塚氏に直接聞いてはいないんですか？」

「律子の家が火事になって、すぐに律子が埼玉の叔父さんに引き取られて……、それから俺と公平はなんとなくお互いを避けるようになったから。二人で話すことはなかった」

外の景色を眺めながら村上が話を続ける。

「それ以来、ちゃんと話をしたのは去年、公平が律子と一緒に暮らすようになってから。あいつが死ぬ少し前、わざわざ津軽警察署まで俺を訪ねてきたんだ」

ある日仕事を終えて警察署に戻ってくると、伝言が書かれたメモを受付の女が俺に手渡した。

そこに書いてあったのは一行だけ。

『隠れ家で待つ。　　　公平』

そのメモを受け取り、俺は急いで三世寺の、かつて俺と律子と公平の隠れ家があった場所へと車を走らせた。

隠れ家があった場所は今は小さな公園になっていた。

空が夕暮れ時の綺麗なオレンジ色をしていた。

車を止めて歩いていくと、公平がベンチに座っていた。

こいつと会うのは何年ぶりだろう。

そうだ。公平が書いた小説が賞を取り銀座の本屋でサイン会をしていた時だ。

けれどあの時は一方的に、俺が遠くから公平を見ていただけだった。

いや、違う。

俺は公平を見ていたんじゃなく、公平を陰からそっと見ている律子を見ていたんだっけ。

あの日にハッキリと分かったんだ。律子の心の中には公平しかいないって。

ベンチに座っている公平が俺に気づいた。軽く右手を上げて、笑っていた。

ひどく痩せていた。その姿を見て俺はなんだか不吉な予感がした。

「よお」

公平が俺に声をかけてきた。

「ま、座れよ」

そう言われて俺は公平の隣に腰を下ろした。

何を話そうか迷いながら、俺はタバコに火をつけた。

そんな俺の様子を見ていた公平が口を開いた。

「お前とゆっくり話すの何年ぶりだ？　律子が埼玉に引き取られてからだから、二十年ぶりくらいか……」

俺が黙っていると、公平が笑って言った。

「でも元気そうで安心した」

「お前はちっとも元気そうじゃない。顔色悪いし……、どっか悪いんじゃないのか？」

その問いには答えずに、公平が言った。

「お前、どうして律子と別れたんだ」

「……逃げ出したんだよ。あいつだけが持ってる重い荷物を、俺は見ていられなかったから」

「……そうか」

「今さらどうして俺に会いにきた」

「今、律子と一緒に暮らしてる」

「ああ……」

「知ってたのか？」

公平が驚いた顔でそう言った。

俺は黙って頷いた。

それから二人はしばらく黙ったまま、ただ目の前の景色を眺めていた。

やがて公平が口を開いた。

「あの火事の日から、俺はずっと後悔してた」

俺は、いつも胸の真ん中に置いてある、あの風景を思い出していた。

真っ赤に燃え盛る炎。木の焼ける匂い。

それから、律子の親父が最後に弾いていた三味線の音色。

きっと公平も、同じ風景を思い出しているんだろう。

公平が話を続ける。

「あの日から、俺が律子の時間を止めてしまったんじゃないかってずっと後悔してた。あんな事さえなければあいつにはもっと別の、明るい未来があったんじゃないかって。優しい旦那と巡り会って、子供を何人も作って」

「あの事件の言い出しっぺは俺だ。そして、お前と律子を引き裂いたのも……」

「お前じゃない。元々俺と律子は血の繋がった……」

俺は公平の言葉を遮った。

「でもな、たとえお前たちが一緒になれなくても、お前の言う通り律子が救われる道はあったはずだ。それなのに俺があんな事を言い出したおかげで、お前らに一生消えない傷を残した。律子の時間を止めたのはお前じゃなくて俺だよ」

公平は黙って俺の話を聞いている。

「律子が親父さんから暴力振るわれてるって、お前に教えたのも俺だ」


律子が親父さんにずっと殴られていた事を最初に知ったのは、律子が七歳の時だった。

その日夜遅く、俺は親父にタバコのお使いを頼まれて家に帰る途中だった。

律子の家の前を通りかかると、律子の母親のキミの叫び声が聞こえてきた。

「あんた、やめて！」

俺は驚いて恐る恐る律子の家の窓を覗くと、律子の親父の喜平がキミを殴っていた。

それを見て、律子が泣きながら必死で喜平を止めていた。

「お父さん、やめて。お母さん死んじゃう」

「ガキはすっこんでろ！」

喜平はそう言うと、今度は律子を容赦なく張り飛ばした。

小さな律子がちゃぶ台の上に投げ飛ばされた。

飛ばされた勢いでスカートがめくれて毛糸のパンツが見えた。

それを見た喜平が、今度は自分から律子に近づき言った。

「おい、俺を誘ってんのか？」

何を言われているのか分からずに律子はただ身をすくめていた。

喜平がキミに向かって言った。

「キミ、見てみろよこの淫売面（づら）。やっぱり淫売の娘は淫売だな」

喜平はそう言い捨てると外へ出てきた。俺は慌てて木陰に隠れた。

しばらくすると、部屋の中から律子の声が聞こえてきた。

「お母さん、大丈夫？」

律子はそう言いながらキミに駆け寄った。

するとキミが律子に向かって大声で怒鳴った。

「そばに来ないで！　あんたなんか産まなきゃよかった。あんたのせいで私の人生全部ダメになっちゃったじゃない」

そう叫びながら、キミは小さな律子を何度も何度も殴った。

誰か助けを呼ぼうと思った瞬間、律子がキミの腰にしがみつきながら言った。

「お母さんごめんなさい。お母さんの子供に生まれてごめんなさい。ごめんなさい。ごめんなさい」

俺はその時、幼いながらに悟った。

きっと今までも何度も、こんな事がこの家の中で起こっていたんだと。

律子が泣きながら謝っている。

キミがふと、律子を殴っていた手を止めて、律子の額にできた傷を優しく撫でようとした。

けれど次の瞬間、キミは自分の手を止めて言った。

「今はあんたの顔を見たくない。お願いだからどっかに行って」

そう母親から言われた律子は……。その時、たった五歳だった律子は……。

無理に笑顔を作って言った。

「外で、遊んでくる」

外はもう、真っ暗なのに。俺は律子が外に出てくるよりも前に走った。

公平の家に向かって。俺は公平を外に呼び出し、今見てきたことを全部喋った。

「そしたらお前がすぐに言ったんだ。強い目で。これからは一生、何があっても俺とお前で律子を守るって」

公平がオレンジ色の空を見上げながら、懐かしそうな顔をする。

「何があっても律子を死なせないって」

「うん。……ちゃんと、覚えてる」

公平が低い声でそう言った。それから、深いため息をついた後に言った。

「でもやっぱり、守る事はできなかったな。結局、俺とお前。それから、あの時あいつの周りにいた大人たちが、みんなで寄ってたかって律子の時間を止めたんだ」

そうだ。公平の言う通りだ。俺たちみんなが律子の時間を止めたんだ。

俺にはもう、何も言う事がない。

それからどのくらい二人は黙っていたんだろう。

気が付くと、空が完全に夕闇色になっていた。

公平が突然、俺に茶封筒を手渡してきた。

「俺、律子の物語を書いたんだ。律子が生きるはずだった幸せな世界を。太陽みたいな女が主人公なんだ。最後まで笑って生きた女の物語」

俺は街灯の灯りに照らして、封筒の中身を見た。

何百枚もの原稿用紙が入っていた。

公平が言う。

「これ、お前が預かっててくれないか?」

俺は笑って答えた。

「俺に渡してどうするんだよ。どっかで出版すればいいだろ」

すると公平が、真剣な顔で俺に言った。

「お前しかいないんだ。俺な、この小説書き終わって分かったんだ。人は苦しい気持ちだけじゃ生きていけない、後悔だけじゃあ息もできないんだ」

「だったらこれは律子に読ませるべきだ。お前だってそのつもりで書いたんじゃないのかよ」

「まだ早いんだ。その時が来たら、お前から律子に渡してやってくれ」

「だから、どうして俺が……」

「頼む、この通りだ」

公平はそう言って、俺に深く頭を下げた。

この原稿用紙を持っていていいのは俺じゃない。

そう思ったけど、なんだか公平の気迫に負けてしまった。

「律子に渡す前に、捨てるかもしれないぞ」

俺がそう言うと、公平が俺を見つめた。

「俺はまだ、お前らに嫉妬してる」

「それなら、それでいい」

公平も笑って、俺にそう答えた。

「その原稿用紙がこれだ」

そう言って、村上が机の上に茶封筒を置いた。

「どうしてこれを木田支部長に証拠品として渡さなかったんですか？」

僕がそう尋ねると、いかにもつまらなそうな顔で村上が言い捨てた。

「そんなの俺の自由だろ」

僕は机の上に置かれた茶封筒から原稿用紙を取り出した。

最初の頁にはこの小説のタイトルが書かれてあった。

筆跡から、君塚公平の執念のような物を感じて鳥肌が立った。

それから原稿用紙を茶封筒にそっと戻し、どうしても聞きたかった質問を村上に投げかけた。

「池松律子の両親が亡くなった時。当時中学二年生だったあなたが、あの火事の第一発見者だった。そうですよね？」

村上はしばらく考えてから、話し始めた。

「俺と公平は、律子の親父の暴力から律子を守りたくて、夜は交代であいつの家の前で見張りをしてた」

「それであなたが見張りをしていた晩に、火事が起こった」

「あの日はいつもと違って、律子の親父が珍しく酒を飲まずに寝てしまったんだ」

僕は黙って村上の話を聞いた。

「それで安心して自分の家に帰ろうと歩き出した。そしたらなんだかおかしな音がして、振り返って律子の家を見ると、家の中から煙が出ていた。それからすぐに律子が外に飛び出してきた。俺は慌てて近所の連中を叩き起こして消防車を呼びにいった」

村上の言葉に違和感が残る。

「すごい記憶力ですね。まるで物語を語っているように、スラスラと言葉が出てくる」

僕をバカにしたような顔で村上が答える。

「あの当時、何度事情聴取されたと思ってんだよ」

「それで、母親のキミさんはどうしてその現場に？」

「どこかで飲んだくれてたのを、近所の連中が呼び戻したんだ」

「あの火事の記録を取り寄せました」

そう言って、僕は自分のカバンの中から当時の古い書類を出した。

「これによるとあなたは最初に警察にこう話している。怪しい人を見たけど暗闇だったから顔は全く見えなかったと」

「それが？」

村上が何てことなさそうにそう言った。

「この津軽での火事は、池松律子の父親が自分で石油を撒いて火をつけた自殺という事で解決しています」

「その通りだ」

「それなのに、どうして子供の頃の村上さんは、怪しい人を見たなんて言ったんですか」

村上が三本目のタバコに火をつけながら言う。

「俺があの火事の犯人だったと、お前はそう言ってるのか？」

「殺人容疑で留置されてから池松律子の身体検査を行いました。身体中のあちこちに、古い傷痕やタバコの火のようなものを押し付けられた火傷の痕がありました」

「それで、そんな可哀想な律子を見て、俺があいつの親父を焼き殺したと」

「あなたなのか、君塚公平氏なのか、それとも……」

「それとも？」

「あなた方、三人で共謀したのか……」

まだ長いタバコを村上がもみ消す。二人の間に、長い沈黙が流れた。

やがて村上が口を開いた。

「人の想像力を他者は止められない。どう思おうがお前の自由だ。それに、もうずいぶん昔の事だ」

「私はそうは思っていません。今回の事件、池松律子が君塚公平を殺した殺人事件。私はあの津軽での火事が深く関係しているんだと確信しています」

村上が黙ってジッと僕の目を見ている。

「そして池松律子から聞きました。父親の池松喜平を殺したのは自分だと」

「あいつが、そう言ったのか」

「はっきりと、自分の口でそう言いました」

二人の間に再び沈黙が訪れる。

村上が言う。

「公平がわざわざ俺を津軽署に訪ねてきてまで、手渡したかったこの小説」

村上がそう言いながら、机の上に置いてある封筒をもう一度手に取った。

「あいつはこの小説を書くことで、律子に明るい未来を作ってやりたかった」

そしてその封筒を、今度は直接僕に手渡し言った。

「これを、あんたから律子に渡してくれ」

それから先は、何を聞いても一言も口を利いてくれなかった。

一時間ほどして、仕方なく僕は村上が泊まっている旅館を後にした。

家に帰ろうかとも思ったが、足は姉の入院先の病院に向かっていた。

病院に着くと、顔なじみの看護婦が僕にこう告げた。

「お姉さん。三時間前にお亡くなりになりました。ご愁傷様です」

霊安室に案内される。

姉の美奈子が、顔に白い布をかけられて横たわっていた。

看護婦が霊安室を出ていくのを待って、僕は姉に話しかけた。

「姉ちゃん。僕は子供の頃から姉ちゃんの声が大好きだった。笑った顔が、大好きだった。姉ちゃんごめん。何も気づいてやれなくてごめん」

気が付くと僕は、声を出して泣いていた。

検察庁のエレベーターに乗り、いつものように五階で降りた。

歩いていると、南川さんとすれ違った。

南川さんが驚いた顔で僕に言った。

「津田口検事どうしたの？　あなた、お姉さんが亡くなったんじゃ……」

僕は南川さんに一礼して、支部長室へと向かった。

コンコン。

木田支部長の部屋の扉をノックする。

「どうぞ」

中から木田支部長の声がする。

「失礼します」

そう言ってドアを開いて部屋に入った。南川さんも心配そうについてきた。

「突然すみません」

木田支部長が少しだけ驚いた顔で言った。

「津田口君、どうしました？」

「池松律子の事件、もう一度担当させてください」

僕は心に決めてきた言葉を告げて、頭を下げた。

「どういう事ですか？」

木田支部長がそう尋ねる。僕は支部長の目をキチンと見て言った。

「今回の事件、僕は誰よりも深く関わってきました」

木田支部長が言う。

「そのために担当を外されたことを、あなたはまだ分かっていないんですか？」

「担当を外されて、皆さんが僕をどう見ていたのかちゃんと理解したつもりです。だからこそこの事件を検事という立場からキチンと解決したいんです。お願いします」

僕はそう言って、木田支部長に向かって深く頭を下げた。

木田支部長がため息交じりにこう言った。

「……もう、決まった事ですから」

そう告げても出ていく気配のない僕に、木田支部長が再び言った。

「もう話は終わりましたよね？　出ていってください」

すると今まで黙って見ていた南川さんが、木田支部長に向かって口を開いた。

「津田口検事は自分の過ちを認めた上で、改めてこの事件を解決したいと願っています。未来のある若者に、もう一度チャンスを与えてもよろしいんじゃないでしょうか」

「南川さん、あなたまで何を言ってるんですか。検事という立場の人間が一度でも失敗したら、もうそれでおしまいです」

あきれた様子で木田支部長が言った。けれど南川さんはそれに怯まず話を続ける。

「二十年前に、木田支部長が大きなミスを犯した時……」

木田支部長が言う。

「南川さん？　なんの話ですか？」

南川さんが支部長をジッと見つめて言った。

「私は今のように、当時の検事正からあなたを庇いましたよね？　お忘れですか？」

押し黙る木田支部長。

「あの時も私は、若いあなたの優秀な能力を潰したくなかった。だから庇ったんです。そしてそのあなたが今、東京地検の支部長になっている」

南川さんの話を、渋い顔で聞いている木田支部長。

「あの時の私の目に狂いはなかったと、今でも思っています」

「……南川さん」

僕の口から自然に南川さんの名前が漏れた。

「津田口検事に、この優秀な若者に、もう一度チャンスを上げてください」

南川さんはそう言って木田支部長に頭を下げた。

僕も慌てて、南川さんより深く頭を下げて言った。

「お願いします」

南川さんのおかげで、僕は池松律子の担当に戻った。

警察官に連れてこられ、律子が取調室に入ってきた。

今日が最後の取調べだ。

たった二日会わなかっただけなのに、ずいぶん久しぶりに会うような気がした。

椅子に座った途端、律子が言った。

「お姉さん、死んだんだってね」

「はい、一昨日亡くなりました」

「ずっと旦那に、暴力振るわれてたんでしょ？」

「誰に聞いたんですか？」

驚く僕を尻目に、律子が微笑みながら言う。

「やっぱり本当だったんだ。留置場でその話が噂になってたの」

答えに迷っていると、律子が僕を優しく見つめ言った。

「お姉さんみたいな女は、自分じゃあ前にも後ろにも行けないから、誰かに自分の時間を止めてほしいって、きっとそう思ってたはず」

「池松さん。私語は慎んでください」

南川さんが律子に注意する。

それでもかまわずに律子が話を続ける。

「だから、お姉さんは」

「池松さん、私語は……」

「死ねて良かったって。きっとそう思ってる」

そう言って律子が笑った。

僕は驚きを隠せなかった。

律子はどうして姉の最後の言葉を知っているんだろう？

七年前、姉が自分の夫に首を絞められ危篤だと聞いて、僕は慌てて病院に向かった。

案内された場所に着くと、姉はちょうどストレッチャーで手術室に運ばれるところだった。

僕は姉に駆け寄り声をかけた。

「姉ちゃん分かるか？　僕だよ」

するると、姉の唇が微かに動いた。

「なに、なんて言ったの？」

そう問いかけながら口元に耳を寄せると、小さな声で姉が言った。

「……お願い。このまま死なせて」

姉はそのまま手術室に運ばれていき、それから死ぬまで、二度とその口が開くことはなかった。

「死んでいい人間なんているわけがない！」

僕は動揺を隠せず、律子にそう言った。

「姉にだって未来はあったんです。僕が検事になったことで姉には明るい未来ができたんです。君塚公平氏の書いた小説のように僕は……」

「津田口検事！」

南川さんが僕の言葉を遮った。

僕は小さく深呼吸をしてから律子に言った。

「あなたは、自分の立場を分かっているんですか」

律子が無表情で僕を見つめる。

「今あなたは、殺人罪で起訴されようとしている」

律子が、小さく笑った。

「なぜ、君塚公平氏を殺害したんですか？」

僕はそう言いながら、今まで律子とかかわってきた男たちが放った言葉を思い出していた。

夜叉のような女

娼婦のような女

嘘つきな女

贅沢な女

残酷な女

そして、柔らかな女

「あなたの真実を、教えてください」

律子がそっけなく答える。

「何度も言った。保険金が欲しくて殺したって」

僕は黙って机の上に、村上から預かった原稿用紙の入った封筒を置いた。

「君塚公平氏は亡くなる前に津軽に行き、村上姫昌さんにこれを託したそうです」

律子は黙って、僕が出した封筒を見つめている。

「あなたのために書いた小説です。題名は……」

そう言いながら、僕は封筒から原稿用紙の束を取り出した。

「太陽のような女」

律子はゆっくりとその原稿用紙を手に取り、自分の胸にそっと抱きしめた。

やがてその目から、涙が溢れ出した。

僕は言う。

「君塚公平氏と再会した時の事を教えてください」

太陽のような女２　君塚公平

雨が、降っていた。

強く、凍てつくような風が吹いていた。

スナックのドアから女が出てきた。

酔っているのはふらつく足元ですぐに分かった。

なんとか二、三歩あるいたが、捨ててあった段ボール箱にヒールをひっかけて転んでしまった。

もう立ち上がる気がないのか、女は雨に打たれながら黙って夜空を見上げていた。

「律子」

俺は久しぶりにその名前を呼んだ。

「お前、大人になったな」

地べたに座り込んでいた律子は、そのままの格好で俺を見上げた。

「ずいぶん探した」

そう言うと、律子が小さく首を傾げた。

律子の顔に、雨が容赦なく降り注ぐ。

「公平……、どうして……」

律子が小さな声で俺の名を呼んだ。

「お前を本当の世界に戻してやりたいんだ。お前が生きるはずだった全うな世界に。だから俺は……」

「そんなもん、初めからなかったよ」

律子が優しく俺にそう言った。

「いやあった。お前には確かにあったんだ」

そう言いながら、俺は律子の頬にそっと手を触れる。

「お前の物語を書きたいんだ。お前が生きるはずだった優しい世界を」

律子の瞳から涙がこぼれだす。

「太陽みたいな女が主人公なんだ。最後まで笑って生きた女の物語」

「やっと、迎えにきてくれた」

そう言いながら律子は、俺に向かって両手を広げた。

俺は力いっぱい律子を抱きしめた。

律子の身体から、懐かしい匂いがした。

それが、大人になった俺たちの、最初の出会いだった。

律子が最後の取調べを受けている。

俺の書いた原稿用紙を抱きしめながら、あの日のように泣いている。

検事の津田口が言った。

「村上さんが言っていました。自分が二人の運命を狂わせたんだと」

違う。そうじゃない。ヒメは何も悪くない。

「あなたの父親の池松喜平を殺そうと言い出したのも、火事を企てたのも自分だと」

あの頃喜平の暴力が段々とひどくなって、俺とヒメは毎晩二人で見張りをしていた。

突然律子の家から母親キミの叫び声が聞こえてきた。

「あんた止めて！　律子が死んじゃう」

俺は慌てて俺の父親に助けてもらおうと、隣の自分の家に駆けこんだ。

「父ちゃん！」

こんな日に限って、父ちゃんも母ちゃんもいない。

ヒメが叫ぶ。

「公平。おじさん待ってたら律子が殺される。二人で行こう」

俺とヒメは走って律子の家に戻った。

部屋の襖を開けると、律子が自分の手で首を押さえてせき込んでいた。

その首元を見ると、絞められた痕がくっきりと残っていた。

喜平が俺とヒメに気づくと、必死に喜平を止めていたキミを跳ね飛ばし、律子の元へもう一度近寄ろうとした。

俺は慌てて律子の手を取り外へ逃げ出した。

ヒメも後から追いかけてきた。

俺たちはひとまず隠れ家に行こうと走り出した。

すると後ろの方から喜平の声がした。

「律子――!」

喜平が追いかけてくる。

そう思った俺は律子の手を引き、とにかく夢中で走った。

後ろを振り返らず、前だけ見て必死に走った。

しばらく走っていると、遠くの方から喜平の唸るような叫び声が聞こえてきた。

「俺はいつからこんな化け物みたいになったんだ。誰か教えてくれよー！」

その声を聞いて律子が立ち止まる。

俺は必死に律子の手を引っ張って、再び走り出した。

隠れ家に着いた途端、再び律子がせき込んだ。

俺は律子の痩せた背中をゆっくりとさすった。

ヒメが低い声で言う。

「このままじゃ律子が殺される」

俺は強く頷いた。

「殺そう、俺たちの手で」

俺もヒメと同じことを考えていた。

すると今まで黙っていた律子が叫ぶように言った。

「ダメ！　そんな事したら二人が警察に捕まっちゃう」

「捕まらない方法があるんだ。俺、前から考えてたんだ」

ヒメが必死に律子に言う。

「私なら我慢できる。大丈夫だから」

「もういい！　お前は十分我慢してきたんだから」

俺がそう言うと、ヒメが俺に続いて言った。

「俺たちは、お前とずっと一緒にいたいんだ」

その瞬間、律子が堰を切ったように泣いた。

両手で顔を覆って大声で泣いた。

あんなに激しく泣いている律子の姿を、俺たちはあの時初めて見た。


「話してください。あなたのご両親が亡くなった、あの火事の事を」

津田口が取調室で律子に言った。

律子が泣いている。

あの時と同じように両手で顔を覆って泣いている。

津田口も、隣にいる南川も、苦しそうな顔をして俯いた。

やがて律子が顔を上げ、言った。

「その日は三人で決めたの。お母さんが外に出掛けてる日にしようって」

そう。俺たち三人で決めたんだ。

今も鮮明に覚えている。一度だって忘れた事がない。

あの日、みんなが寝静まった頃を見計らって、俺が最初にやったのは、自分の家の納戸で石油を赤いポリタンクから一升瓶に移しかえる作業だった。

俺は重たい一升瓶を抱えて律子の家の前まで走った。

先に来ていたヒメが言った。

「律子の親父さん、今日は珍しく酒も飲まないで寝た」

俺は律子の家の窓から、喜平が寝ている部屋を覗いた。

壁側を向いて寝ている喜平の大きな背中が見えた。

俺とヒメは目を合わせ、それから二人で強く頷いた。

ヒメが自分のポケットからマッチを取り出し俺に手渡した。

手渡すヒメの手もそれから俺の手も、ガタガタと震えていた。

俺は大きく息を吸って、それから律子の家の玄関をそっと開けた。

人の気配がしてふと見上げると、律子が立っていた。

俺は小さな声で言った。

「早くヒメのところへ行け！」

「嫌だ！　私も一緒にいる」

その律子の強い目になぜだか逆らえず、俺は玄関から少しずつ石油を撒きだした。

俺と律子の周りが石油の匂いで充満した。

「いい匂い」

　律子が突然そう言った。

「なんでそんな風に思ったんだろう。石油の匂いが、あの地獄のような毎日から救ってくれるって、きっとそう思ったんだ」

　律子が、取調室で津田口に言う。

「石油を撒き終わったら公平が懐中電灯で見張りのヒメに合図する。それが約束だった」

　俺は家から持ってきた懐中電灯で、外で待っているヒメに合図を出した。

　そしてヒメから受け取ったマッチを、自分のポケットからゆっくりと出した。

「震えてる」

　俺の手をそっと握って、律子が言った。

「違う」

「もうやめよう。私は大丈夫だから」

「お前は関係ない。俺とヒメが決めた事だから」

　俺はそう言いながら律子の手を引っ張り、強引に外で見張りをしているヒメのところへ連れていった。

「律子の手をしっかり握ってろ。絶対に離すんじゃないぞ」

そう言うと、ヒメが黙って頷いた。

俺は再び律子の家に向かって歩き出した。

「公平……」

律子の小さな声が聞こえたが、振り返ったら決意が鈍ると、その声を無視して家の中へ入った。

取調室で律子が言う。

「あの時、何を考えてたんだろう。今は少しも思い出せない。ただ、あの日の切ない匂いだけははっきり覚えてる。石油と夏草の混じった、あの匂いだけは」

律子とヒメを外に残し、律子の家の中に戻って再びゆっくりと石油を撒いた。

玄関から廊下。台所。居間。

そして喜平が寝ている部屋の前に着いた。

もう俺は迷っていなかった。

律子を二度と泣かせたくない。その思いで一杯だった。

部屋の襖をそっと開ける。

さっきと同じように、喜平が背中を向けて寝ている姿が見えてくる。

俺はゴクリと唾を飲み、部屋に石油を撒いた。

ポケットからマッチを取り出した。

マッチの箱をゆっくりと開け、一本のマッチを取り出した。

その時ふと、気配を感じて顔を上げると、喜平が寝ころびながら俺の方をジッと見ていた。

驚く俺を尻目に喜平が言った。

「俺はもう、とっくの昔に化け物になってたんだな」

そう言った喜平の顔は、泣いているようにも笑っているようにも見えた。

金縛りにあったように動けない俺に向かって、喜平が再び話しかける。

「律子は、どこにいる」

また律子を殴るつもりだ！

そう思った俺は、絶対に律子の居場所を教えるもんかと堅く口を閉じた。

そして喜平を睨みつけながら手に持っていたマッチを擦った。

だけど手が震えてなかなか火がつかない。

一本、二本、三本目のマッチを擦ろうとした瞬間、今まで黙って俺の様子を見ていた喜平が立ち上がり、手を差し出して言った。

「寄こせ」

ここで喜平にマッチを渡したら、俺たちの計画が全部ダメになる。

俺はマッチを取られまいと、必死に自分の両手でマッチを握りしめた。

喜平がゆっくりと近寄ってくる。

そしていとも簡単に俺からマッチを取り上げ、さっきまで寝ていた自分の布団に戻っていった。

俺は慌ててマッチを取り返そうとしたけど、なぜだか身体が動かなかった。

やがて喜平はマッチに火をつけ、自分の布団にその火を落とした。

小さな炎が布団に灯る。

その炎が消えてしまわないように、布団に灯った小さな火の周りを、宝物を包むみたいに喜平が自分の両手でそっと囲った。

少しずつ、だけど確実に火が大きくなっていく。

やがてその火がカーテンに燃え移った。

喜平が低い声で言った。

「行け！」

俺はその声に突き動かされるように、外に向かって走り出した。

背中から喜平の大きな声が聞こえてきた。

「律子に伝えてくれ。お前は生きろ」

「その声は外にいる私にも聞こえたの。お父さんは確かに言った。お前は生きろって」

取調室で律子が言った。

俺は夢中になって外へ出た。

そして律子の手を摑んで、それからヒメに目で合図を送り、俺と律子は走り出した。

しばらく走っていると、律子が突然立ち止まり喜平のいる家を振り返って言った。

「お父さんが三味線弾いてる」

律子の家から、じょんがら節が聞こえてきた。

強く、大きく、愛情のこもった音色が。

「律子、振り返るな！」

俺はそう叫び、再び律子の手を握り再び走り出した。

走りながら俺は、記憶にはない遠い昔の事を思い出していた。

若い喜平が唄い、俺の親父が汗をかきながら三味線を弾いている姿を。

ヒメの親父が夢中で踊っている姿を。

みんなが楽しそうに笑っている笑顔を。

三味線の音が聞こえなくなると同時に、激しい爆発音が聞こえた。

思わず足を止め律子と二人で振り返ると、律子の家がオレンジ色に光っていた。

遠くからヒメの怒鳴り声が聞こえてきた。

「火事だ！　律子の家が燃えている」


「それからすぐに消防車が来て、少しして近所で飲んでいたお母さんが慌てて家に帰ってきたの」

「それは後から、村上刑事から聞いたって事ですか？」

津田口が律子にそう尋ねると、律子がコクンと頷いた。

「消防団の人がお母さんに言ったんだって。喜平さんがまだ家の中にいるって。そしたらお母さん、消防団の人の隙をついて、燃えてる家の中に入っていったんだって。『いやだ、私を一人にしないで』って、そう叫びながら」

津田口も南川も、黙って律子の話を聞いている。

「お前は生きろ！」

律子が再び口を開く。

「なんだよそれ。さんざんひどい目に遭わせておいて、なんでそんな言葉だけ残していくのよ」

津田口が苦しそうに息を吐く。

「そんな言葉残されて、何もなかったように生きられるわけないじゃない。だったら殺したかった。私たちの手でちゃんと殺したかった。そしたらもっと普通に生きていけたかもしれないのに」

津田口が、律子に向かって強い目で言った。

「自分で自分の時間を止めてはいけないんです。あなたは太陽のような女として生きる権利があるんです。……あなたは、淫売なんかじゃない」

律子が津田口を見つめる。

「お願いです。君塚公平氏との事件の真実を話してください」

律子がゆっくりと口を開いた。

「あの日、急に弁護士に呼び出されて言われたの」

「君塚公平氏から依頼を受けました。保険金の受取人を内縁関係のあなたにするために遺言書を作成しました。この書類を確認していただいて、問題なければ受取人のところに署名と捺印をお願いします」

そう、そうだったな。

俺は律子に自分の保険金を受け取ってほしくて、弁護士を雇ったんだ。

律子は弁護士事務所から俺たちが住むアパートにまっすぐ帰ってきて、突然俺に聞いたんだ。

「あんた死ぬの？」

律子は小さく笑って俺にそう尋ねた。

「末期の膵臓ガンなんだってね。……だから私に会いにきたんだ」

俺は黙って律子を見つめる。

「金もないくせに弁護士頼んで、なんであんたの保険金私が受け取らなくちゃいけないのよ」

律子がそう言って、手に持っていた書類を俺の顔めがけて投げつけた。

あの日も、雨が激しく降っていた。

「津軽で別れたままだったら良かったのに、どうして会いにきたのよ」

「お前を戻してやりたかったんだ。俺がこの世から消えてなくなる前に、お前が生きるはずだった光の世界に……」

「あんたと今さら離れて、どうやって生きればいいのよ！」

長い沈黙が、俺たちを包んだ。

「俺はまた、お前を苦しめる事しかできなかったんだな」

律子は何も言わずに、部屋にあった三味線を弾きだした。

俺はそれを、黙って聞いた。

律子が弾いたのは、かつて喜平が死ぬ直前に弾いていたじょんがら節だった。

あの時の喜平の音色と重なる。

強く、激しく、暖かいあの音色と。

「結局、この音色から逃げられなかった」

律子はそう言って三味線を置いた。

「……なんだか、すごく疲れた」

そう言うと、律子はゆっくりと立ち上がり、台所からナイフを取り出した。

そしてそのナイフを俺に手渡し言った。

「殺して……」

律子にかける言葉が見つからない。

「大丈夫、私を殺してもあんたはきっと天国にいけるから。だってあんた、一度も私を抱かなかったじゃない。あの儀式の夜から一度も……」

律子は、何も悪くない。

「もう、一人になるのはいや」

律子が静かに泣いている。

俺はナイフを握りしめながら、ゆっくりと律子に近づいた。

律子が嬉しそうな顔で笑う。

突然、落雷の音が鳴り響いた。

俺は思わずナイフを落とした。

俺が落としたナイフを見つめながら律子が言った。

「ごめん、そうだよね」

「………」

「私みたいな想いをさせるわけにはいかない、こんな寂しい想いは、私だけでたくさん」

「律子……」

俺は小さく律子の名を呼んだ。

「大丈夫。一人は慣れてるから」

そう言って、律子は無理に笑顔を作って、俺の足元に落ちているナイフを拾った。

再び落雷の音がする。

激しい雨の音と共に。

律子が言った。

「雨が……」

「…………」

「雨がね……」

「…………」

「雨が、バタバタうるさいの」

手に持っていたナイフで、律子が俺の腹を刺した。

ナイフから、律子の溢れるような想いが伝わってきた。

痛いほどの律子の気持ちが。

俺は律子を強く抱きしめた。

雨の音が、さっきより激しく聞こえてくる。

「お前ずっと、確かめてたんだろ」

「…………」

「俺が、本当にこの世に存在してるのかって」

「…………」

「だから俺を殴って、蹴って」

律子が俺の腕の中で小さく震えている。

「律子、よく見ろ。俺の中から血が流れてる」

「…………」

「俺はちゃんと生きて、お前の前にいる」

「…………」

「もう大丈夫だ。俺たちはこれでずっと一緒だ」

「…………」

「お前の中で、お前が死ぬまで俺たちは一緒に生き続ける」

律子が血だらけの手で、俺の頬を優しくなでる。

「だから頼むから、お前は生きてくれ」

俺はあの日の喜平と同じように、マッチに火を灯す。

その小さな火を、絨毯（じゅうたん）に落とした。

火が、どんどん燃え広がってゆく。

突然、アパートの扉を激しく叩く音がした。

ドンドンドンドン。ドンドンドンドン。

ああ、きっと京波さんだ。

全く、あの人はいつまで探偵ごっこをやってるんだ。

そんな事をしたって律子はあんたのものにはならない。

だって俺と律子は、もう一生離れないって決めたんだから。

ドアの外から京波さんの怒鳴り声が聞こえる。

「律子、どうしたんだ。中にいるんだろ！　返事をしろ！」

俺はもう一度、律子を強く抱きしめながら言った。

「火が全部を消してくれる。あの時もそうだった」

ドアを蹴破る音がする。

部屋の中に京波さんが入ってきたのを確認して、俺は律子が持っていたナイフを強引に奪い取り、自分で自分の腹をもう一度刺した。

「……なにしてるんだ」

茫然と立ち尽くして、京波さんが俺にそう言った。

「律子を頼みます」

俺がそう言うと、京波さんが我に返って言った。

「消防車はうちの運転手に呼ばせた。今、救急車も呼ぶから」

「律子を早く、お願いします」

京波が嫌がる律子を抱きかかえるようにして外に出る。

俺はそのうしろ姿に向かって叫んだ。

「律子、お前は生きろ！」

ドアの閉まる音がする。

俺はホッとして、さっき律子が弾いていた三味線を手に取った。

撥(ばち)を握る力がまだ残っていた。

律子、やっと俺たちは一つになったんだ。

律子……、律子……、律子。

この想いが、どうか三味線の音色から伝わりますように。

「京波に抱えられて外に出ると、消防車が何台も止まっていた」

律子が静かにそう話す。

取調室で津田口が、瞬き（まばた）きもせずに律子の話を聞いている。

「どうしました」

消防隊員がそう尋ねると、京波が私たちの住んでいる部屋を指さして答えた。

「あの部屋に住んでいる男が、自殺をして部屋に火をつけました」

その時、部屋の中から三味線の音色が聞こえてきた。

公平がじょんがら節を弾いている。

私への想いを届けようと、最後の力で弾いている。

私は嬉しくなって、誰にも気づかれないように小さく笑って、それから消防隊員に向かって言った。

「私がナイフで刺しました」

京波が慌てた様子で否定する。

「違います。私がこの目で見ています。彼は自分で腹を刺したんです」

「あんたなんかに分かるもんか」

「律子」

「私たちの間には誰も入れてやらない」

堪えていた涙が私の頬を伝う。

「私の男を、私が殺しました」

裁判所の長い廊下を、手錠をはめられ刑務官に連れられて律子が歩いていた。

まっすぐな、美しい瞳で。

法廷の扉が開く。

刑務官に促されて律子が着席すると、裁判官が厳かな声で言った。

「それでは開廷します。被告人は証言台のところに立ってください」

律子が席を立ち証言台の前へと歩く。

それを傍聴席から黙って見つめている律子のかつての男たち。

村上姫昌。行島道夫、京波久雄、山之内一平。

証言台に律子が立つと、再び裁判官が口を開く。

「それでは、あなたに対する殺人被告事件についてこれから審理をします。検察官、起訴状を朗読してください」

検察官席で津田口が起立して言う。

「公訴事実。被告人は、昭和六十年八月十日午前二時頃、東京都足立区西新井三丁目十五番地飯島荘二〇三号室の当時の被告人方において、同居していた君塚公平に対し、その嘱託を受け、その腹部を刃体の長さ二十六センチメートルの包丁で二回突き刺し、同人を腹部刺創による出血性ショックに基づいて死亡させて殺害したものである。罪名及び罰条。嘱託殺人」

法廷内が低くどよめく。

山之内が小さな声でヒメに聞く。

「おい、嘱託殺人ってなんだ」

ヒメは黙って何も答えない。代わりに、京波が山之内に答える。

「被害者の君塚公平が、律子に殺してほしいと頼んで殺させたって事です」

行島が驚いた顔で京波に言う。

「そうなると、律子の罪が軽くなるんですか？」

京波が答える。

「普通の殺人罪よりはあきらかに嘱託殺人の方が刑は軽くなります。執行猶予で実刑にならない事例もありますから」

山之内が再び口を挟む。

「でも、そんな事を検事のアイツが言ったら、検事の仕事をクビになるんじゃないのか」

行島が小さく深呼吸してから言った。

「それは絶対にダメです。あの検事がクビになったら、また律子の荷物が重くなる」

裁判長が話を続けている。

「検察官。私の手元にある起訴状と、今あなたが朗読した内容とは異なっていますが。殺人から嘱託殺人に訴因変更されるというご趣旨ですか？」

「そうです。私は本件を……」

律子が津田口をジッと見つめる。

「本件を、嘱託殺人だと考えます」

その言葉を聞いて、律子が誰にも聞こえないような小さな声で俺の名前を呼んだ。

「公平……」

それから律子はジッと目を瞑った。

ヒメが突然、傍聴席から立ち上がり大きな声で言った。

「律子、違うぞ。津田口はお前の荷物になりたいわけじゃない。お前に生きてほしいだけだ。だから……」

なおも何かを言いたそうにしているヒメを、警備員が引きずり出す。

律子は目を瞑ったまま、ジッと動かなかった。


あれから、何日経ったんだろう。

まだ、律子の裁判は続いている。

だけど、津田口は検事を辞める事になった。


津田口が木田支部長の部屋で深くお辞儀をしている。

「お世話になりました」

一言だけ木田支部長が言った。

「残念です」

津田口は再びお辞儀をして、木田支部長の部屋を出る。

南川が津田口のあとをついて来る。

検察庁の玄関まで来ると、津田口が南川に振り返って言った。

「南川さんの期待に応えられず、すみませんでした」

南川が少し黙って、それから笑顔でこう言った。

「自分の進退をかけて悩んで出した結論じゃない。堂々とここから出ていきなさい」

「……ありがとうございます」

南川が建物に入るのを見送って、津田口が歩き出す。

駅へ向かう途中にある公園を通りかかると、ヒメが津田口に声をかけた。

「おい。まんまとクビになったな」

津田口が驚いた様子で言う。

「村上さん」

「これから、どうするんだ？」

「まだ、何も考えていません」

「少しだけ、話さないか」

ヒメがそう言って、すぐそばにあるベンチに座った。津田口もヒメの隣に座る。

ヒメがタバコに火をつける。

その様子をジッと眺めていた津田口が口を開いた。

「こんな事、もう一般人の僕が言う事じゃありませんが……」

ヒメが黙って聞いている。

「池松律子の事、よろしくお願いします」

「田舎の所轄の刑事に何言ってんだよ」

　ヒメの口から出たタバコの煙が、まっすぐに空に上っていく。

「一般人の戯言（ざれごと）、もう一つだけ聞いてもらえますか？」

　津田口が再び口を開く。

「僕はきっと、池松律子に恋をしていたんだと思います」

　ヒメが笑いながら答える。

「検事の風上にもおけねえな」

　津田口も笑っていた。

「俺な、律子をずっと恨もうとしてた……、憎もうと思った」

　太陽の光がヒメの顔を照らす。

「だけどやっぱりダメなんだ。自分の気持ちには逆らえない」

　津田口がジッとヒメの話を聞いている。

「俺がどうして刑事になったか教えてやろうか」

「はい」

「津軽で起きた火事。あれで万が一律子と公平が疑われた時、俺が刑事になれば二人を守ってやれるって思ったんだよ」

俺は、何も知らなかった。

ヒメ。そうだよな。俺たち約束したもんな。二人で律子を一生守ろうって。

「バカだよな。一介の所轄の刑事にそんな事できるわけねえのに」

ヒメの顔が小さくゆがむ。

「あいつら二人の間には、誰も割って入れないのにな」

「村上さん……」

「でもな、それでも俺なりにできる事をやるよ。俺も公平と同じ想いだ。どんなに苦しくても絶対に光はある。だから、律子に生きててほしいんだ」

ヒメ。約束を破ってすまなかった。どうか律子を頼む。

生涯の友はお前だけだと、俺はずっと思っていた。

ヒメが立ち上がる。

「じゃあな」

そう言ったヒメの背中に津田口が声をかける。

「最後にもう一つだけ」

ヒメが立ち止まり、津田口に向き直る。

「僕が法廷で嘱託殺人だと言った時に、池松律子に向かって村上さん言ってましたよね？

こいつはお前の荷物になりたいわけじゃないって」

ヒメが黙って聞いている。

「やっぱり僕も、彼女の荷物になったんでしょうか」

その問いには答えずにヒメが言った。

「お前どうせこれから暇なんだろ。だったら公平の小説どこかで出版してやってくれよ。それがきっと、律子の生きる道に繋がるはずだから」

「……分かりました」

そう津田口が返事をすると、ヒメはもう後ろを振り返らずに去っていった。

翌日、律子が死んだ。

真っ白なシーツを細く裂いて、首つり自殺をした。

俺はやっぱり、何もしてやれなかった。

その日、津軽署のヒメあてに電話が入った。

電話を取った瞬間、ヒメの目から涙がこぼれた。

自宅の近くの公園に、津田口がいる。

何も知らない津田口は、太陽がたくさん当たるベンチを選んで、俺の書いた小説を読んでいた。

太陽に向かって声に出して読んでいた。

「光が、彼女を照らしている。その光は遠い昔に彼女の身体に染みついた、忌まわしい音色を消し去ってくれる。光を得た彼女が笑う。太陽みたいに明るく笑う」

近くで遊んでいた子供たちが、何事かと津田口の周りに集まってきた。

津田口は笑顔で言った。

「今から楽しいお話を読んであげるね」

子供たちがワクワクした顔で見つめている。

津田口は大きく息を吸って、再び俺の小説を読みだした。

「大きなリンゴの木の下に、楽しい家族が住んでいました。お父さんはリンゴを作り、お母さんは美味しいご飯を作り、子供たちは毎日笑って暮らしていました」

律子、これがお前の世界だ。

この世界でならお前は毎日笑って生きていけるんだ。

エピローグ

「お母さん、洗濯物畳むの手伝ってあげるね」

長女の陽子（ようこ）がそう言って私の横に座ると、積み木で遊んでいた弟の太一（たいち）が飛んできてお姉ちゃんの真似をして言う。

「僕も手伝う」

「じゃあお母さんは、お庭でリンゴ磨いてくるね」

私はそう言って庭に出た。

真っ赤なリンゴが庭に山積みにされている。

夫が丹精込めて作った自慢のリンゴ。

私はこれを一つ一つ丁寧に磨き、梱包して出荷するのだ。

私たち家族四人は、このリンゴのおかげで毎日平和に暮らしている。

ふと子供たちを見ると、洗濯物を畳まずにタオルをぶんぶん振り回して遊んでいる。

私は縁側にいる子供たちに向かって大声で叱る。

「こら、洗濯物で遊ぶのやめなさい」

息子の太一は私に叱られたことなんかお構いなしに、おどけた様子で遊んでいる。

それを見て、娘の陽子が笑いだす。

太一も一緒に笑いだす。

たくさん笑いすぎて、太一が大きなおならをした。

ちゃんと叱らなければいけないのに、私も思わず吹き出してしまった。

私が笑ってしまったから、太一が調子に乗って庭にいる私めがけて走ってくる。

小さな手を私の肩に回して、甘えながら太一が言う。

「ねえ、僕のおなら大きかったでしょ？　お父さんのおならより大きいよね」

陽子も太一に負けじと、強引に私の膝に乗って言う。

「違うよね。お父さんのおならの方が大きいよね」

私は言う。

「ほら、お母さん仕事してるんだから、お手伝いしないならあっちで二人で遊んでなさい」

そんな事言ったって、どうせ子供たちは一つも言う事を聞かない。

私が仕事をしていることなんて関係なしに、じゃれて甘えて抱きついてくる。

太陽が照らす、私たちをまんべんなく照らしている。

子供たち二人から太陽のにおいがする。

私はいつもその匂いを、胸いっぱいに吸い込む。

遠くから私を呼ぶ声がする。

「律子――」

夫が両手いっぱいに、真っ赤なリンゴを抱えて帰ってきた。

子供たちがその声を聞いて、夫の元に駆け寄る。

夫はリンゴがたくさん入った籠を置いて、子供たち二人を空高く抱き上げる。

子供たちの嬉しそうなはしゃぎ声が聞こえる。

私は笑顔で夫に向かって言う。

「公平。お帰り」

だけど太陽がまぶしくて、なんだか幸せで、私は少しだけ泣きそうな気持ちになった。

検事監修　国士舘大学法学部教授　吉開多一

本書には、今日の人権意識に照らして不当・不適切と思われる語句・表現が使われておりますが、時代背景と作品価値に鑑み、修正・削除は行っておりません。

この作品は舞台「向こうの果て」の脚本を
原案に書き下ろしたものです。

津軽三味線小山流三代目・小山豊による
本作の主題曲「時雨」が聴けます。
QR コードを読み取ってください。

向こうの果て

竹田新

令和3年4月10日　初版発行

発行人——石原正康
編集人——高部真人
発行所——株式会社幻冬舎
〒151-0051東京都渋谷区千駄ヶ谷4-9-7
電話　03(5411)6222(営業)
　　　03(5411)6211(編集)
振替00120-8-767643
印刷・製本—図書印刷株式会社
装丁者——高橋雅之

幻冬舎文庫

ISBN978-4-344-43075-4　C0193　た-68-1